THE BEST
SHORT STORIES OF
MAUPASSANT

莫泊桑
短篇小说精选

〔法〕莫泊桑 著　李玉民 译

北方联合出版传媒（集团）股份有限公司
万卷出版公司

图书在版编目（CIP）数据

莫泊桑短篇小说精选 / (法) 莫泊桑著 ; 李玉民译
. -- 沈阳 : 万卷出版公司， 2022.1
ISBN 978-7-5470-5821-3

Ⅰ. ①莫… Ⅱ. ①莫… ②李… Ⅲ. ①短篇小说－小说集－法国－近代 Ⅳ. ①I565.44

中国版本图书馆CIP数据核字(2021)第214885号

出版发行：北方联合出版传媒（集团）股份有限公司
万卷出版公司
（地址：沈阳市和平区十一纬路25号 邮编：110003）
印 刷 者：北京昊鼎佳印印刷科技有限公司
经 销 者：全国新华书店
幅面尺寸：145mm × 210mm
字 数：130千字
印 张：6.5
出版时间：2022年1月第1版
印刷时间：2022年1月第1次印刷
责任编辑：齐丽丽
责任校对：张兰华
策划编辑：村 上 苟 敏
封面设计：言 成
ISBN 978-7-5470-5821-3
定 价：28.00元
联系电话：024-23284090
传 真：024-23284448

导 读

无可替代的莫泊桑

我们处于一个文学畸形的时代，处于最需要短篇小说，而又盛产长篇小说的时代。

细想想，这种状态也由来已久。单拿外国文学为例，我国出版的长篇小说名著，当数以百计，而以短篇小说称得上大师级的作家，数来数去，还是那么几个，无非是莫泊桑、契诃夫、欧·亨利、茨威格等，再尽量往上加，也达不到两位数。

一个明显的事实是：写长篇小说的大家，在文学发达的国家，总是人才辈出，而创作短篇小说的圣手，无论在哪里都难得一见。

以19世纪法国文学为例，大师级长篇小说家，至少能列举出雨果、巴尔扎克、司汤达、大仲马、福楼拜、左拉。然而，短篇小说家大师级人物，只有“短篇之王”莫泊桑一人而已。

多不容易，一个世纪才出一个，还是在文学达到鼎盛的19

世纪的法国。

到了小说成为文学创作主流的20世纪，这种状况并没有改观。在法国，小说越写越长，称“长河小说”，卓有成就者有普鲁斯特、罗曼·罗兰、杜·伽尔、杜阿梅尔、特洛亚等。但是，真正意义的短篇小说圣手，也只有被称为“短篇怪圣”的马塞尔·埃梅了。

究其原因，并不是创作长篇容易而短篇难，而在于长篇凭其篇幅能无限延长，图新求变就有巨大的空间；反之，短篇小说囿于篇幅短小，求变也没有用武之地，而且三变两变，往往变成中篇甚至长篇，丢了芝麻得了西瓜，何乐而不为呢？

这就是为什么，小说越写越长，长篇小说家越来越多，时而聚拢渐成声势，终成流派。况且，随着时代的发展和阅读品味的变化，长篇小说也逐渐取代诗歌，引领文学的潮流了。相比之下，优秀的短篇小说，往往是长篇小说大家的余墨。

这也就是为什么，短篇小说形成不了独自的流派，短篇小说家只有个人风格，而短篇小说圣手或者大师，只能天马行空，独来独往了。

说来也很有趣，“王”者，孤家寡人也。冠以“王”者，唯莫泊桑一人而已。他虽然也有《一生》《漂亮朋友》等六部长篇，但只能冠以“短篇小说之王”；设使去掉“短篇”冠以“小说之王”，肯定早就被推翻了。世界文学史上那些长篇小说大师，个个都有王者风范，但谁也不敢称王，恐怕就是这个道理。有什么办法，怪只怪短篇小说苑中无老虎。

短篇小说，西文“conte”，本义就是短小的故事。莫泊桑写了三百多篇故事，无可争议地成为“故事大王”。

讲故事，讲俗人俗事，表现人生百态，这是人类有史以来最为喜闻乐见的文学形式，也是世俗文学最鲜明的一个特点。莫泊桑的短篇小说就是体现这种文学传统的典范。

文如其人，其人如文，在莫泊桑身上表现得尤为明显。其文何文？正是市民百姓喜读乐看之文；其人何人？也正是市民意识最强的一个人。

在著名作家中，莫泊桑不仅是市民意识最强的一位作家，还是市民生活方式过得最滋润的一个人。要知道，莫泊桑的父亲曾是银行职员，他本人也在海军当职员多年。父亲因婚外恋而夫妇离异，儿子干脆终身不娶，当了一辈子帅哥儿……他的作品中的许多场景，正是他的生活场景。

莫泊桑小说的故事背景，都是法国西北部的诺曼底地区，或者巴黎及其郊区。诺曼底是他童年和少年时期的故乡，而巴黎则是他供职和从事文学创作的地方，写这两个地区的风土人情和各色人物，他自然得心应手。

莫泊桑讲述的故事中的主人公，大多是小人物，有诺曼底狡猾的农民、慷慨的工匠、受欺凌的女佣、小职员、小店主、小市民，也有比市民还世俗的破落贵绅、富商、工厂主，以及野心勃勃的政客。例如《项链》中因爱慕虚荣而毁了一生的小市民；《羊脂球》中，有爱国骨气的小人物和软骨头的富商与乡绅，在敌人的淫威面前不同的表现；《一家子》中为争取遗产而大打出手的一家人；《泰利埃妓馆》中丑态百出的社会名流；《两个朋友》中宁死也不肯将通行口令告诉敌人的一对友人；《一个诺曼底人》《皮埃罗》《魔鬼》，以极滑稽的场面，勾画出诺曼底人悭吝的性格。

这些人物构成了法国社会的主体，他们身边发生的故事，便构成世俗社会的万象。这种万象的光怪陆离、色彩纷呈，在任何作家的作品中，都不如在莫泊桑的小说中展现得如此充分。不知是到了19世纪下半叶，法国进入了空前的世俗社会，还是这个时期的法国社会，在莫泊桑的笔下得到了空前的描绘。

总之，市民生活的方方面面，在这三百篇故事中，几乎没有莫泊桑的笔触及不到的地方。他不但擅长讲日常生活中发生的故事，还臆构一些怪异的故事，以满足市民阶层的猎奇心理。例如《奥尔拉》，就是以日记体记述了许多怪异现象，让人感到命运受物体的某种超自然力量的控制。《恐怖》虽然取材于现实，但是也相当怪异，同他许多别的故事一样，反映人在生活中失控的一面。

莫泊桑一开始写作，似乎就给自己定了基调，并且一直遵循：每篇作品都要写成生动有趣的故事，写成纯而又纯的故事。他不同于雨果、巴尔扎克、司汤达，也不同于福楼拜、左拉等名家，讲故事就是讲故事，既不是为了表现某个主题，也不借题发挥，长篇大论。他总是带着市民意识和平常心，每次写作都保持这种状态，尤其值得一提的是，他在仅仅十年（1880—1890）

的创作生涯中，无论创作思想还是创作风格，都应该是变化最小的作家。他就好比一位技艺纯熟的工匠，制造出“众生相”的一个个精品。

以三百篇故事而称王，可见这些故事的分量，许多篇目如《羊脂球》《西蒙的爸爸》《项链》《两个朋友》等，都已成为世界名篇。莫泊桑的短篇小说，是自自然然地讲故事的典范，也是以世俗故事登上经典殿堂的典范。

这里不得不重复多少评家盛赞莫泊桑的话。

盛赞他是讲故事的高手，每部作品完全围绕着所讲的故事而剪裁，精心追求故事本身的喜剧性或悲剧性效果。《我的叔叔于勒》读来令人心酸，行文起伏跌宕，忽喜忽悲，家人对于勒的态度也忽爱忽憎；其喜尤显其悲，其爱更增其恨。亲情已如此，人生冷暖便不言而喻。《归来》更是纯粹的人生命运的故事，作者手法之高妙，喜剧性和悲剧性完全融为一体，直到故事戛然而止，读者也难断言其喜其悲。《火星人》和《魔椅》两篇，可以说是超现实主义故事，在以写实主义为主旋律的莫泊桑短篇小说中，这两篇该算是另类。然而超现实也可能像周期性的彗星，成为封闭的弧线，总要周期性地回到现实这个点上。喜也人生，悲也人生，莫泊桑的故事，就是在讲人生。有些故事似乎没有主题，其实脱离不开人生这个大主题。

盛赞他具有双重视觉，观察人情世态细致而深刻，能从日常小事和人的寻常行为中，看出人生哲理和事物的法则。莫泊桑叙事语气生动风趣，善于烘托气氛，制造戏剧效果，放得那么开，正因为有人生哲理和事物法则的底蕴，而这种底蕴，总是到故事的最后才揭示或暗示出来，令人拍案叫绝，这便是作者的艺术手法高超。例如精品杰作《项链》，女主人公为赔偿一串丢失的钻石项链，赔进去了整个青春年华，十年后再见到女友，正为保住自己的人格而扬扬得意时，女友却坦言那是一串假项链。轻声一语，不啻一声霹雳。人生命运的轻重得失，就蕴涵在这个简单的故事中。

还盛赞他是法兰西语言大师：他的小说语言清新自然，生动流畅，堪称法语的典范。借著名作家法朗士的话说："他（莫泊桑）的语言雄劲、明晰、流畅，充满乡土气息，让我们爱不释手，他具有法国作家的三大优点：明晰、明晰、明晰。"

就连最看重创新的安德烈·纪德，也难得给莫泊桑以这样的定位：“不失为一个卓越超群、完美无缺的文学巨匠。”

居伊·德·莫泊桑（1850—1893）一生短暂，却留下大量至今还拥有广大读者的作品。三百篇故事，在世界短篇小说名苑中，更是争奇斗艳，雅俗共赏。在生活节奏加快、最需要短篇的今天，我们越发感到，莫泊桑是无可替代的。

李玉民

于北京花园村

目 录

羊脂球

一连数日，溃军的一股股队伍，纷纷穿过这座城市。那根本不算队伍，完全是散兵游勇。那些人胡子拉碴，又长又脏，军装也破烂不堪，既没有军旗，又不成为团队，只是拖着脚步朝前走。他们都显得神情沮丧、筋疲力尽，再也不能想什么，再也不能拿什么主意了，仅仅凭习惯机械地移动脚步，一站住就会累趴下了。他们大多是应征入伍的性情平和的人、安分度日的年金领取者，一个个都被枪支压弯了腰，还有年轻而敏捷的国民别动队队员，他们容易惊慌失措，又能立刻斗志昂扬，他们随时准备冲锋陷阵，也随时准备溃退逃跑。此外，他们中间还零星夹杂着穿红色军裤的士兵，那是一次大型战役中被击垮的师团的残部。身穿深色军装的炮兵，同各种步兵排列在一起。有时也能看见一名龙骑兵的闪亮的头盔，他拖着沉重的步子，跟随脚步比较轻快的步兵，显得十分吃力。

随后，游击队也一批批穿城而过，每队都起了英勇的称号，诸如“败军复仇队”“坟墓公民团”“敢死队”等等，不过，他们的样子倒像土匪。

他们的官长，也都是从前的布商或粮商、油脂商或肥皂商，临时充当军人，因为钱多或者胡子长，就被任命为军官，全身披挂着武器、法兰绒绶带和军衔。他们讲话声如洪钟，经常讨论作战方案，大言不惭，自以为肩负着危难的法国的命运。不过，他们有时也惧怕手下的士兵，那原本是些亡命之徒，勇敢起来往往不要命，而且奸淫抢掠，无法无天。

据说，普鲁士军队就要开进鲁昂城。

当地的国民卫队，两个月来一直在附近树林中，小心翼翼地侦察敌情，有时甚至会开枪误杀自己的哨兵。哪怕荆丛里有一只小兔子动一动，他们就立刻准备投入战斗。现在，他们都各自逃回家中，那些武器、军装，在方圆三法里之内用来吓唬路人的一整套凶器，都突然不翼而飞了。

最后一批法国兵总算过了塞纳河，要从圣赛威尔和阿夏镇的方向退往奥德梅桥。走在最后的是将军，左右由两名副官陪伴，徒步行走。率领这样的乌合之众，他实在是回天乏术，一筹莫展。而且这个以勇武著称、战无不胜的民族，竟然遭此惨败，全线崩溃，他裹在其中，也不免感到茫然失措。

此后，城中便是一片寂静，一片静悄悄而又惶惶不安地等待的气氛。许多大腹便便的市民，在生意场上丧失了男子气概，现在惴惴不安地等待着胜利者，他们心惊胆战，唯恐敌军看见他们烤肉的铁钎或者大菜刀，就说是窝藏武器。

生活似乎停止了，铺子都关门闭店，街上阒无人声。偶尔有个居民上街，也被这种沉寂吓坏，便溜着墙根匆匆离去。

就在法军撤完的第二天下午，不知从哪儿冒出几名轻骑兵，穿城疾驰而过。不久，从圣卡特琳山坡上就黑压压下来一大片人，与此同时，另外两股侵略大军，也像潮水一般，出现在达纳塔尔和布瓦纪尧姆的两条大道上。这三支大军的先头部队，恰好同时在市政府广场会合。随后，德军大部队开到，一营一营，从周围的大街小巷列队出来，沉重而整齐的步伐，踏得路石咯咯作响。

一种陌生而喉音很重的声音所喊的口令，沿着房舍升起。那些房屋看似空空荡荡，一片死寂，可是在紧闭的窗板里面，一双双眼睛却在窥视胜利者：那些胜利者成了这座城市的主人，根据“战时权法”主宰全城人的财产和性命。居民们守在昏暗的房间里，都惊恐万状，如同遭受大灾大难，什么智慧和力量都无能为力了。是的，每逢事物的秩序被打乱，安全便不复存在，原来受人类法律或自然法则保护的一切，现在就要遭受一种无意识的残暴力量的蹂躏，人们就会产生这样惶恐的感觉。大地震将一个地方的所有人压死在倒塌的房屋之下。泛滥的江河同时冲走淹死的农夫和耕牛的尸体，以及房屋的梁柱。同样，打了胜仗的军队就要屠杀自卫的人，押走俘虏，以战刀的名义抢掠，用大炮的轰鸣感谢上帝。所有这些可怕的灾难，让我们无法再相信永恒的正义，也无法按照我们所接受的教导那样，再相信上天的保佑和人类的理性。

德军小分队挨家敲门，然后进了屋。这就是入侵之后的占领。战败者从此开始尽义务，必须热情招待胜利者。

过了一段时间，最初的恐怖一旦消失，气氛又重新平静下来。在许多家庭里，普鲁士军官都和一家人同桌吃饭。有的军官也很有教养，并且出于礼貌，替法国惋惜，说自己本不愿意参加这场战争。房主自然要感激普鲁士军官的这种感情，何况说不上哪一天，还要仰仗他的保护呢。把他侍候好了，也许能少摊派几名士兵来吃饭。既然什么都要听命于这个人，又何必伤害他呢？那样干不是勇敢，而是鲁莽。现在的鲁昂市民，已没有大胆鲁莽的毛病了，不像当年那样，因英勇守城而使这座城池闻名遐迩。最后他们还这样考虑，只要不在公开场合同外国人亲近，在自己家里客气一点儿并不为过。这也是他们从法兰西文明礼貌中得出的至高无上的理由。在外面，彼此成为路人，可是回到家里，大家都愿意交谈。每天晚上，大家守着炉火取暖，德国军官待的时间也越来越长了。

就是整个城市，也渐渐恢复了常态。法国人固然还不大出门，可是大街小巷挤满了普鲁士兵。况且，那些蓝色轻骑兵军官，身上佩带的杀人的大家伙拖在马路上，虽然显得盛气凌人，但是比起去年也是在这些咖啡馆里吃喝的法国轻骑兵军官来，对普通公民的蔑视态度并不算特别厉害。

然而，空气中多了点什么，多了点难以捕捉的陌生东西，那是一种不能容忍的外国气氛，如同扩散的一种气味，异族入侵的气味。这种气味充斥家家户户和所有广场，改变食品的味道，使人产生远行到野蛮而危险的部落的感觉。

胜利者要钱，要很多钱。居民总是如数缴纳，他们也的确富有。不过，诺曼底商人财越多越抠门儿，出一点儿血，拔一根毛，看着自己的财富有一点儿转到别人手中，他就特别心疼。

可是出了城，沿河流往下游走两三法里，到克鲁瓦塞、埃普塔尔或比萨尔一带，船夫和渔人能经常从水底打捞上来德国人的尸体。那些尸体在军服里泡得胀起来，有被刀捅死的、被脚踢死的，也有脑袋被石头砸烂的，或者从桥上被人推下水的。河底的淤泥里，埋葬了不少野蛮而合法的暗中复仇，那是不为人知的英勇行为、不声不响的袭击，比白天打仗还危险，但又不能扬名。

须知对外敌的仇恨，总能武装起几个义无反顾的人——他们为了一种信念，随时准备献出生命。

总而言之，入侵者在全城实施严格的纪律，并没有干出一件传闻他们在挺进中所犯的暴行。于是，城里人胆子壮起来，那些商人又蠢蠢欲动，心中渴望做生意了。有几个商人在还是由法军据守的勒阿弗尔港有大笔投资，他们打算从陆路先到迪埃普，再乘船转到那个港口。

他们利用认识的几名德国军官的影响，从总司令那里获得离城特许证。

有十名旅客订了座位，车行派一辆四驾旅行大马车送一趟，决定星期二天亮之前动身，以免招来人围观。

这一阵上了冻，地面冻硬了。到了星期一下午三点钟的光景，北风劲吹，刮来一片片乌云，大雪纷纷扬扬，从傍晚开始，下了一整夜。

凌晨四点半，旅客们在诺曼底旅馆院内集合，准备上车。

他们睡眼惺忪，虽然披着毛毯，还是冻得浑身直打哆嗦。昏暗中彼此看不清楚，他们身上里三层外三层，穿了厚厚的冬衣，看上去就像身穿长袍的肥胖神甫。有两个男人倒是相互认出来，第三个人又上前搭话，他们便开始交谈。一个说："我带老婆一道走。"另一个说："跟我一样。"第三个说："彼此彼此。"第一个又说："我们再也不回鲁昂了。如果普鲁士军逼近勒阿弗尔，那我们就去英国。"他们气味相投，也都有同样打算。

然而，始终没有人来套车。一名马夫提着一盏小灯，不时从一扇黑洞洞的小门里出来，又立刻钻进另一扇门里。马厩地上垫了草，马蹄踩地的声就不大了。一个汉子骂骂咧咧地同牲口说话的声音，在旅馆楼内都听得见。一阵轻微的铃声表明有人在弄马具，不久又变成持续不断的清脆颤音，节奏随着牲口的动作而变化，时而停止，接着又突然摇响，并且伴随马蹄掌踏着地面的闷声。

门猛然关上，声响戛然而止。这些市民身子冻僵了，都沉默下来，直挺挺地伫立在那里。

绵绵不断的白色雪幕闪闪发亮，不停地朝大地降落，抹掉了万物的形状，给万物蒙上一层冰雪的刨花。城市一片沉寂，埋葬在冬天下面，什么也听不见了，唯闻这种难以捕捉的、模糊而飘忽的下雪的窸窣之声，与其说是声响，不如说是感觉，微屑淆杂混合，似乎充塞天地，覆盖了世界。

提灯笼那人又出现了，他牵着一匹不愿走且垂头丧气的马，将它拉到车辕里，搭上套，转悠了好半天才系好，因为他一手提灯照亮，只能用一只手干活。他正要去牵第二头牲口，看到所有旅客都站着不动，满身都是白雪，就对他们说："你们为什么不上车呢？到车里起码避避雪。"

自不待言，他们没有想到这一点，一听这话就蜂拥过去。那三个男人先把妻子扶上车，随后自己也上去了。另外几个身形模糊的人彼此没有讲话，上车就坐到余下的位置上。

车厢的底板铺了厚厚的干草，脚可以插进去。坐在里头的那几位太太带了烧炭的小铜暖炉，这时点燃了，然后低声列举暖炉的好处，讲了好半天，无非彼此重复早已知道的事情。

旅行车终于套好了，本应套四匹马，考虑到路不好走，就套上了六匹马。这时，外面有人问道："全都上来了吗？"车里有人应了一声："全上来了。"于是启程了。

马车行驶得很慢很慢，一小步一小步往前移动，轮子陷进雪中，整个车厢哀鸣，发出低沉的吱吱咯咯的声响。几匹马打着滑，呼呼喘息，浑身冒热气，而车夫的大鞭子四面飞舞，不停地打响，时而卷曲，时而伸展，活像一条细长的蛇，又突然抽在一个滚圆的马屁股上，那匹马的后臀就往上一拱，猛地用力拉车了。

不知不觉天亮了。被车里一位地道的鲁昂旅客刚才比作棉花雨的鹅毛大雪，现在已然停了。乌云里透出一道污浊的光线，而厚重的乌云反衬得雪野格外明亮耀眼，地面上忽而出现一行披上霜衣的大树，忽而出现一座顶着雪帽的茅舍。

车厢里，大家借着黎明的这种凄清的光亮相互好奇地打量。

在车厢最里面的最好的位置上，鸟先生夫妇面对面地坐着打瞌睡，他们是大桥街的葡萄酒批发商人。

鸟先生从前给人当伙计，趁老板破产，就把店铺盘过来，从而发了财。他以极便宜的价格，将极劣的葡萄酒批发给乡村的小贩，因而在熟人和朋友的眼里，他是个非常狡诈的奸商，是个诡计多端、快活俏皮的真正诺曼底人。

他这奸商的名望已十分稳固，以致有人当作笑谈。例如有一天，在省政府的晚会上，一位在当地颇有名气、文思敏捷而犀利、专编寓言和歌谣的作者图奈尔先生，看到女士们有点困倦，就提议玩“飞鸟”游戏。这一说法立即飞遍省督的每间客厅，然后又飞到全城的每家客厅，让全省人开心大笑了一个月。

此外，鸟先生爱搞恶作剧，爱开文雅和下流的玩笑，这也是出了名的，因此哪个人提起他，无不立刻补充一句：“这个鸟家伙，真是无价的活宝。”

此人身材矮小，挺个球状的大肚子，肩头顶着鬓髯灰白的一张红赤赤的脸。

他的老婆则人高马大，麻利果断，说话嗓门又高，遇事又能当机立断，在店铺里代表秩序和算术。而他本人则凭着插科打诨，给店铺增添活跃的气氛。

挨着这对夫妇坐的一位更有派头，出身阶层要高一等的，他就是卡雷-拉马东先生，一个了不起的人物，在棉纺行业名望很高，开了三座纺织厂，授予荣誉团骑士称号，又是省议会的议员。在整个第二帝国时期，他一直是善意的反对派首领，唯一的宗旨就是先攻后和，拿他本人的话来说，也就是拿武器虚晃几招，然后要价高些，再附和多数派的主张。卡雷-拉马东太太比丈夫年轻得多，成了鲁昂驻军的那些贵族军官的安慰。

她坐在丈夫的对面，身子蜷缩在毛皮大衣里，显得那么娇小，那么可爱，那么秀美。她瞧着这破破烂烂的车厢，眼里充满了沮丧的神情。

坐在她身旁的是于贝尔·德·布雷维尔伯爵和夫人，这是诺曼底最古老、最高贵的姓氏。伯爵是个派头十足的老绅士，并且着意修饰，竭力突出自己的相貌与亨利四世国王的相似之点。根据他的家族引以为荣的一种传说，亨利四世曾使布雷维尔家族的一名女子怀了身孕，那女子的丈夫才得以晋升伯爵，并擢升为省督。

在省议会里，于贝尔伯爵跟卡雷-拉马东先生是同僚，不过他在省里代表奥尔良保王党。他同南特城一个小船主女儿是如何结为良缘的，这始终是个谜。伯爵夫人也的确雍容华贵，比谁都善于应酬，据传她曾得到路易-菲利浦的一名公子的垂爱，因而整个贵族阶层都趋之若鹜，她的沙龙在当地也首屈一指，是唯一保留昔日风流情调的场所，一般人是难得进去的。

布雷维尔家庭拥有的全是不动产业，据说每年收入高达五十万法郎。

上述六人是这辆车旅客的核心，是社会上收入稳定、生活平静、有权有势的阶层，同时也是信奉宗教、讲究道德、有威望的正人君子。

也是巧得出奇，这几位女客都坐在同一条长椅上。伯爵夫人旁边还坐着两名修女，她们掐着长串念珠，口中咕哝着《圣父经》和《圣母经》。一位是老修女，满脸麻坑，就好像迎面中了一排霰弹似的。另一位修女身体极其羸弱，一张病容的俏脸长在痨病胸脯的上面。这样的胸脯受贪婪信念的啮噬，能使人情愿殉教并产生宗教幻象。

这两位修女的对面坐着一男一女，把大家的目光吸引过去。

那男的谁都认识，人称民主家高奴代，是上流社会人士最怕的人。二十年来，他泡在具有民主风味的所有咖啡馆里，在啤酒杯中浸染他那棕红色的胡子。他和弟兄朋友们，吃光了他那当糖果商的父亲给他留下的可观的财产，便急不可待地盼着共和国的诞生，以期获得他为革命干了那么多啤酒之后应有的地位。九月四日那天，也许有人故意捉弄他，他真以为自己被任命为省督，不料走马上任时，成为办公室唯一主人的那些侍役，却不肯承认他的资格，逼得他退避三舍了。其实，他是个挺厚道的家伙，乐于助人，而并无害人之心，于是他又以无比的热忱，全力组织守土的防务，动员百姓在平野上挖了许多坑，砍倒附近林子中的所有小树，在每条路上都布下了陷阱。他对自己营建的这些防御工事非常满意，等敌军快要开到时，他就急忙撤回城里了。

现在他又想，勒阿弗尔更需要他，那里亟待建造新的防御工事。

那女的是个人们所说的粉头，因过早发胖的体型而出了名，诨号叫“羊脂球”。她个头很矮，浑身圆滚滚的，肥得流油；十根手指也都肉鼓鼓的，只有每个骨节细了一圈，皮肤绷紧而发亮，好像几串短香肠；胸脯特别丰满，顶着衣裙突出一大团。但是她细皮嫩肉，招人喜爱，依然秀色可餐，有不少嫖客光顾。她的脸蛋如同一个红苹果，又像一朵含苞待放的牡丹花，下面那张小嘴里，两排细牙亮晶晶的，嘴唇曼妙而湿润，吻起来一定甜美。

据说，她还有许多难以估价的妙处。

大家一旦认出她来，几个正经女人便交头接耳，说什么“婊子”啦，“社会耻辱”啦，等等，虽然窃窃私语，但是声音却很高，引得她抬起头来。她扫视同车的旅客，目光毫无惧色，充满了挑战的神情，逼使大家立刻噤声，纷纷低下头，唯独鸟先生还色迷迷地偷偷看她。

不大工夫，三位女士又交谈起来，有这个妓女在场，她们就突然亲近了，几乎成为知心朋友。面对这个无耻的女人，她们觉得必须拧成一股绳，以显示为人妻室的尊严，因为合法爱情向来傲视淫乱野合。

那三位男士，也因为有高奴代在场，出自保守派的本能而靠拢了，以蔑视穷人的口气谈论金钱。于贝尔伯爵说起普鲁士军入侵使他蒙受的损失，再加上牲畜被掠、庄稼不收等等可能造成的损失。但是他神态自若，不失亿万富翁那种自信，仿佛这些损害只会妨碍他一年半载。卡雷-拉马东先生的棉纺业损失惨重，不过他早就留了一手，将六十万法郎汇往英国，以备不时之需。至于鸟先生，他也早有安排，将窖藏的普通葡萄酒全数推销给法军后勤部，这回他前往勒阿弗尔，就是打算领取国家欠他的一笔巨款。

这三位相互迅速交换友好的眼色。他们社会地位尽管不同，但是凭着金钱彼此引为兄弟，同属大富豪的共济会，手插进裤兜里都能弄得金币哗哗直响。

驿车行驶的速度慢极了，到了上午十点钟，还没有走出四法里。有三段爬坡的路，男士们都下车步行。大家开始担心了，原定到托特吃午饭，现在看来天黑之前难以赶到了。每人都眼巴巴地眺望，但愿途中发现一家小酒店，谁料驿车又陷入积雪中，费了两小时才弄出来。

大家越来越饿，饿得心里发慌，可是连一家小饭馆、一家小酒店都没见到。这不奇怪，一来普鲁士军队逼近，二来饥饿的法国部队经过这里，吓得所有的小买卖都关了门。

车上几位先生到路旁农舍去找吃的东西，结果连面包也没有弄到，因为农民素来多疑，早把存储的食品藏起来，生怕大兵饿急了，见到什么就抢什么。

将近下午一点钟，鸟先生公开表示，他饥肠辘辘，实在饿得不行了。大家也都跟他一样，早就饿了，想吃东西的欲望越来越强烈，谁也没有心思说话了。

不时有人打个呵欠，紧接着就有人效法，于是大家轮番打起来，有的张着嘴巴声音很响，有的则文雅地捂住往外冒热气的大口，这完全取决于各人的性情、教养和社会地位。

羊脂球好几次弯下腰去，仿佛要在裙子下面找什么东西，但每次都踌躇一下，看看旁边的人，然后又不动声色地直起身来。每个人的脸都苍白而抽搐。鸟先生说他肯付一千法郎买只小火腿。他老婆抬手似乎要劝阻，随即又平静下来。她一听说浪费钱财就心如刀割，甚至听不出这是玩笑话。伯爵说道："老实讲，我真觉得不舒服。我怎么没有想到带些食品呢？"于是，每人都同样责备自己。

高奴代倒是随身带了满满一壶朗姆酒，他请大家喝一点，却被冷淡地拒绝了。唯独鸟先生接受好意，喝了两小口，递回去时他还道谢说："还真不错，暖和一下身子，还能止止饿。"两口酒下肚，他的情绪转佳，就提议像歌谣里唱的那样在乘坐小船时，把最胖的旅客吃掉。这种影射羊脂球的说法，几位有教养的人听了刺耳，谁也不应声凑趣，唯独高奴代笑了笑。两位修女不再诵念珠经，双手插进大袖子里，始终垂着眼睛，坐在那里一动不动，无疑是在向上天奉献天赐给她们的苦痛。

熬到三点钟，只见周围无边无际的平原，没有一点村落的影子，羊脂球这才急忙俯下身，从座位底下拉出蒙着白色餐巾的大篮子。

她从篮子里先取出一只陶瓷小碟、一只小银杯，再取出一个大瓦罐，里面装着两只切好的并结了一层冻儿的整鸡。大家瞧见篮子里还有一包包好吃的东西，诸如肉酱、水果、甜食，准备的食品足够旅途中吃三天，而不必沾一点旅馆厨房做的东西。几包食物之间还露出四瓶酒的长颈。她拿起一个鸡翅膀，小口吃起来，同时就着诺曼底地区叫作“摄政”的小面包。

所有目光都注视她了。接着，香味扩散，大家的鼻孔都张开，嘴里涌出大量的津液，耳朵下面的腮帮子也绷得发痛。几位女士对这窑姐儿的蔑视更凶了，简直要把她杀死，或者把她扔下车去，把她连同酒杯、篮子和食品，统统扔到雪地里。

然而，鸟先生的眼睛贪婪地盯着装鸡的瓦罐，他说道：“不错，这位太太比我们想得周到。有的人总是样样都能想得周全。”羊脂球听了，抬头看着他：“先生，您想吃点儿吗？不吃东西，从一早熬到现在，可真够呛！”鸟先生点头致意，又说道：“说心里话，我不会拒绝，饿得实在挺不住了。战时就说战时的话，对不对呀，太太？”接着他环视一下周围，又补充说：“碰到现在这种情况，有好心肠的人肯帮忙，何乐而不为呀！”他有一张报纸，便摊在面前，以免弄脏裤子，然后从兜里掏出他总带在身上的小刀，用刀尖挑起一个裹着冻儿的鸡腿，用牙齿撕开，细细嚼起来，吃得津津有味，引起车里一大声痛苦的叹息。

这时，羊脂球又和声细语，请两位修女分享这顿便餐。两位修女立即接受，她们咕哝两句道谢的话，眼皮也不抬就迅速吃起来。高奴代也欣然接受羊脂球的邀请，连同修女一起，把报纸摊在膝上，就拼成了一张临时的饭桌。

几个人的嘴不停地一张一合，大吃大嚼，大口吞下去。鸟先生单独在一边，也吃得非常卖力气，他还低声劝老婆如法炮制。鸟太太抵制了许久，后来肠胃一阵痉挛，她也就屈从了。于是，鸟先生十分委婉地问他们“可爱的旅伴”，能否允许他给自己太太拿一小块。羊脂球蔼然一笑，说了一声：“当然可以，先生。”就殷勤地把罐子递过去。

打开第一瓶红葡萄酒之后，却出现一个难题——只有一只酒杯。大家只好轮流传递，将杯沿儿擦一擦再喝。只有高奴代例外，无疑他是有意献殷勤，单在羊脂球唇迹未干的杯边喝酒。

周围的人都在吃东西，而食物散发出香味，德·布雷维尔伯爵夫妇和卡雷-拉马东夫妇被逼得透不过气来，忍受着以坦塔罗斯命名的酷刑。那位棉纺厂主的年轻太太，忽然叹息一声。大家都转过头去，只见她的脸色像车外的雪一样白，那双眼睛一合，额头一耷拉，便不省人事了。她丈夫吓坏了，恳求大家救护。慌乱中，谁也没有主意，这时，年纪大的那位修女扶起病人的头，将羊脂球的酒杯贴到她唇上，喂了她几小口葡萄酒。美丽的太太这才动了动，睁开眼睛，粲然一笑，声音微弱地说她现在感觉好多了。那位修女怕她再晕倒，就逼她喝下满满一杯酒，并且说道：“这是饿的，没有别的原因。”

这样一来，羊脂球脸色涨得通红，样子十分为难，她看着四位饿着肚子的旅客，结结巴巴地说道：“上帝啊，我想冒昧请这几位先生和夫人……”她没有说下去，怕招来一场侮辱。这时，鸟先生说话了：“唉！在这种时候，大家都是兄弟，应当互相帮助。来吧，两位女士，不要客气，见鬼，让吃就吃吧！能不能找到一所房子过夜还不知道呢！按照这样走法，明天中午之前，恐怕也到不了托特。”他们还犹豫不决，谁也不敢为此负责，说一声“好吧”。最后，还是伯爵作出决断，他转向胆怯的胖姑娘，摆出大老爷的派头，说道：“好吧，夫人，我们就领情接受了。”

万事起步难。难关一过，大家就肆无忌惮了。转眼工夫，一篮子东西全吃光了。篮子里本来还有鹅肝酱、肥云雀酱、一块熏牛舌、克拉桑产的梨、主教桥镇的蜜糖方面包、精制的小点心以及满满一杯醋腌黄瓜和洋葱，这是羊脂球和所有女人都最爱生吃的蔬菜。

吃了这个姑娘的东西，就不能不同她讲话了。于是大家闲谈，起初还端着架子，后来看到她很有分寸，大家也就放松多了。德·布雷维尔夫人和卡雷-拉马东太太极善交际，显得雅人深致，蔼然可亲。尤其是伯爵夫人，具有高贵夫人的风范，降尊纡贵，高洁而不可染，显得格外善气迎人。反之，又高又壮的鸟太太，却有一颗宪兵的心灵，她说得少，吃得多，始终是一副气恼含愤的神态。

大家自然而然谈起战争，讲述普鲁士军的暴行、法国军民的英勇行为。所有这些逃跑的人，却大肆赞扬别人的勇敢。不久，又谈起个人的经历，羊脂球讲她为何离开鲁昂，她那种激愤真实可信，言辞十分激烈，大凡妓女要发泄内心的愤慨往往会这样。她说道：

“起初我以为可以留下来。我家里储存了很多食品，宁肯供养几个大兵，也不愿背井离乡，到处流浪。哪知我一见到他们，见到那些普鲁士兵，可就控制不住自己，简直肺都要气炸了。我感到耻辱，哭了一整天。哼！我若是个男子汉！我从窗口望着他们，只见那些肥猪戴着尖顶头盔，若不是女仆拉住我的手，我就会扔下家具砸他们。后来，有些要住进我家里，我扑向头一个进来的家伙，掐住他的脖子。要掐死他们并不难！如果不是有人揪我的头发把我拉开，我就会把那家伙结果掉。出了这事儿，我就不得不躲起来，终于有机会离开，这才跟大家同车结伴。”

旅伴大大地夸奖她一番，他们可没有这样舍生忘死的表现，因而越发敬重她了。高奴代听她讲述，脸上带着信徒那种赞许和善意的微笑，如同一位教士听到信徒颂扬上帝那样。因为，留大胡子的民主党人总是独家经营爱国主义，正如穿教袍的神甫总是独家经营宗教一样。他也讲起来，拿出一副说教诲人的口吻，而那种大言空论，是从每天张贴在墙上的宣言声明中学来的，最后又有一段慷慨陈词，将那个“巴丹盖无赖”臭骂了一通。

不料，羊脂球听了，当即勃然大怒，因为她拥护拿破仑皇帝。她的脸涨得比樱桃还红，气得结结巴巴地说不出话来：“我倒要看看，你们这些人，到他的位置上去试一试，肯定更狼狈！他那人，正是你们把他出卖啦！如果是您这样的泼皮无赖来统治，那么大家只好离开法国啦！”

高奴代却毫不动容，脸上始终保持那种唯我独尊的轻蔑的微笑。不过大家都感到，那些粗话快要脱口而出了，于是伯爵挺身干预，以权威的口气宣称，凡是坦率的见解都应当受到尊重，好不容易才劝住这个怒不可遏的姑娘。伯爵夫人和棉纺厂厂主太太，跟一切有身份的人一样，从心灵里就莫名其妙地憎恨共和国，又跟所有妇女一样，本能地喜欢讲究排场的专制政权，这时她们不由自主地受到这个大义凛然的妓女的吸引，觉得她和她们的感情十分相近。

一篮子东西吃光了。十张嘴吃这一篮子东西，毫不费劲就一扫而光，颇为遗憾篮子还不够大。东西吃完之后，谈话还持续了一段时间，但是渐渐冷下来。

夜幕降临，周围越来越黑了。一个人在消化食物的时候尤其怕冷，羊脂球尽管身体肥胖，也不禁打起寒战。德·布雷维尔太太的脚炉从早上点着，炭已经换过多次，现在她愿意借给羊脂球烤一烤，羊脂球立刻接过来，因为她感到双脚冻僵了。卡雷-拉马东太太和鸟太太也分别把脚炉借给那两位修女。

车夫已经点上风灯。明亮的灯光照见辕马臀部的腾腾汗气，同时也照见大路两旁的积雪，仿佛在摇曳的光亮下向后移去。

车厢里什么也看不清楚了。不过，羊脂球和高奴代之间，突然有点动静。鸟先生目光在黑暗中搜索，似乎瞧见那个大胡子男人急忙向旁边一闪，就好像他重重地挨了不声不响打来的一拳。

大路前方出现星星点点的小火光。那便是托特镇。马车行驶了十一个多小时，再加上四次停车歇息、给马喂料耽误两个多小时，总共十四小时。驿车驶入镇里，在商会旅馆门前停下。

车门打开了。一种耳熟的声响，令所有旅客不寒而栗，那是刀鞘触到地面的声音。随即一个德国人喊叫着什么。

尽管驿车已经停稳了，可是谁也不下车，就好像大家都料到，一出去就会遭屠杀似的。这时，车夫走过来，手里拎着一盏车灯，灯光突然照亮整个车厢，只见两排面孔都惊恐万状，都张着嘴巴，睁大了眼睛。

在车夫身边，有一名德国军官站在灯光里，他是个细高挑儿的青年，身材瘦长得出奇，一头金发，而军服紧紧裹住身子，就像女人的紧身胸衣一样，头上歪戴着平顶鸭舌漆布军帽，看上去倒像英国旅馆的侍役。他的两撇胡子也长得出奇，直挺挺的长胡须向两边伸展，越来越细，到两端仅余下一根极细的黄毛，不知所终。那两撇胡子压住他的嘴角，将两边的面颊拉下来，给嘴唇印上一道垂下的深纹。

他用阿尔萨斯人讲的法语，让旅客下车，口气很生硬："里（你）们还铺（不）下来吗，先生们和代代（太太）们？"

两位修女首先服从命令，她们是圣洁的女子，一向百依百顺。伯爵和他夫人也下了车，后面跟着棉纺厂厂主和他太太，接着就是鸟先生，他推着大块头的老婆，脚一着地，就对军官说："您好，先生！"但主要不是表示礼貌，而是出于谨慎。对方跟有权有势的人一样傲慢无礼，只是看了看他，并不搭理。

羊脂球和高奴代座位虽然挨近车门，却是最后下来的，在敌人面前，他们要表现出凛然难犯的气概。胖姑娘竭力控制自己并保持冷静。那位民主党人则不停地摆弄棕红色大胡子，手有点颤抖，就好像要英勇就义似的。他们二人就是要保持尊严，知道在这种场合，每人都多少代表一点祖国，而目睹旅伴们的那种恭顺样子，他们心中都同样产生反感。因此，羊脂球这边，要竭力显得比同行的正经妇人态度还高傲；高奴代则感到自己应当作出表率，他的整个态度表明，他在继续从设置路障开始的抗敌任务。

他们走进旅馆宽敞的厨房。德国军官吩咐他们出示总司令签发的离城特许证，核对了每个旅客的姓名、相貌、职业，又对照证件久久地审视所有人。

接着，他突然说了一句："号（好）啦！"随即走掉了。

大家这才长出一口气。他们还感到饿，早就叫旅馆备晚饭。起码要等半小时才能做好，趁两名厨娘忙碌的时候，他们就去看看客房。客房排列在一条走廊里，另一端有一扇玻璃门，门上写着"厕所"。

大家正要入座吃饭的时候，旅馆老板亲自跑来了。他从前是马贩子，人很胖，患有哮喘病，嗓子眼里有痰，总发出嘶嘶声和呼噜呼噜声。他父亲传给他佛郎维这个姓氏。

老板问道："哪位是伊丽莎白·鲁塞小姐？"

羊脂球打了个寒战，回过头去："是我。"

"小姐，普鲁士军官要立刻同您谈话。"

"同我谈话？"

"不错，如果您就是伊丽莎白·鲁塞小姐的话。"

羊脂球一阵心慌，想了一下，就断然回答："有可能是找我，但是我不去。”

她周围一阵骚动，大家议论纷纷，猜想这人命令的缘由。伯爵走过来，说道：“您这样做不妥，夫人，要知道，您一口回绝，不仅会给您本人，也会给您所有旅伴招来很大麻烦。永远也不要抵制最强大的人。叫您去一趟，肯定不会有丝毫危险，无疑是要补办什么手续。”

大家都随声附和，恳求她，催她快点去，都竭力开导她，终于把她说服了，谁都怕她一意孤行，把事情弄复杂了。最后，羊脂球说道：“毫无疑问，这可是为了诸位我才去的！”

伯爵夫人抓住她的手：“我们都感激您呀！”

羊脂球出去了。大家等她回来一起吃饭。每人心中都有点遗憾，如果叫到自己，而不是让这个性情暴烈、动辄发火的姑娘去，那该多好，于是每人都默默准备，等轮到自己时讲哪些烂套子。

可是刚过十分钟，羊脂球就回来了，她呼呼喘气，脸涨得通红，气得火冒三丈，几乎语不成句：“噢，这个流氓！这个流氓！”

大家想了解发生了什么事，都纷纷问她，她却什么也不讲。在伯爵一再追问下，她才大义凛然地回答：“不，这同你们毫不相干，我不能讲。”

于是，大家围着一个高高的汤盆坐下来，盆里散发白菜汤的香味。虽然受了一场惊，这顿晚饭吃得还是很高兴。苹果酒不错，鸟先生夫妇和两位修女为了节省，全喝苹果酒。其他人都要了葡萄酒。高奴代则叫了啤酒，他喝啤酒自有一套独特的方式：如何开瓶子，如何让酒起泡沫，如何斜着杯子仔细端详，再举起杯子，对着灯光鉴赏一番酒的颜色。喝的时候，他那副和他爱喝的啤酒一个颜色的大胡子，似乎也激动得颤抖起来。他那双眼睛也斜着，紧紧盯住酒杯，那副神态就像在完成他生于世上的唯一职责。也可以说，他奉献终生的两种伟大的爱：淡色啤酒和革命，在他的思想里相互接近，仿佛有了亲缘关系，因此，他品尝这一个就不能不想到另一个。

佛郎维先生和他老婆在餐桌另一端吃饭。那男的呼哧呼哧喘息，像一个破火车头，胸膛里通气实在不畅，根本无法边吃边说话。然而，那女的却没有住嘴的时候。她讲述普鲁士军刚到时给她留下的各种印象，讲述他们的所作所为、他们讲的话。她憎恨他们，首先因为他们费了她不少钱，其次因为她两个儿子当了兵。她特别爱跟伯爵夫人说话，觉得跟一位贵妇交谈非常荣幸。

后来，她把嗓门压低，要讲一些难以启齿的事；她丈夫不时打断她："佛郎维太太，你最好还是闭嘴。"然而，她根本不予理睬，继续说道："没错，夫人，那些家伙，除了吃土豆和猪肉，还是吃猪肉和土豆。别以为他们干净——才不干净呢！——恕我冒昧，他们到处拉屎撒尿。他们操练起来，一连几个钟头，一连几天，您是没有见到啊。他们全到田地上，向前走，向后转走，向这边拐，向那边拐。——干什么不好，在自己国家里种种地、修修路也好啊！——可是不干，夫人，那些军人，对谁也没有好处！难道可怜的老百姓养活他们，就光叫他们学会杀人吗！——不错，我不过是个老太婆，没有受过教育，可是看着他们从早到晚在那里踏步，累得精疲力竭，我心里就总琢磨：有的人发明许多东西，对人有好处，但另外一些却让人吃苦受累，只是为了损害别人！老实说，杀人，不管杀普鲁士人、英国人、波兰人，还是法国人，难道不是作恶吗？——您要是向损害您的人进行报复，那就不好，要被判刑。可是，用枪屠杀我们的小伙子，就跟打猎似的，难道就好吗，就该把勋章奖给杀人最多的人吗？喏，真的，我怎么也弄不明白！”

高奴代提高嗓门儿说：“如果是进攻一个和平的邻国，那么战争就是野蛮行为；如果是保卫自己的祖国，那就是一种神圣的职责。”

老太婆低下头，说道：“是的，如果自卫，那是另一码事，不过，是不是应该杀光拿战争取乐的所有帝王呢？”

高奴代眼神一亮，说道：“讲得真棒，女公民！”

卡雷-拉马东先生沉思起来。尽管他狂热地崇拜那些名将，但是这个乡下女人的常识却令他想到，这么多人手闲置不用，空耗财富，豢养这么多力量而不生产，如果都调动起来，用到要费时数百年才能完成的大工业上去，会给国家带来多大富足啊。

这时，鸟先生离开座位，过去同旅店老板低声谈话。那个胖子边笑边咳嗽，还不时吐痰，他听了对方逗乐的话，大肚子快活得起伏跳动，当即向鸟先生订购了六大桶红葡萄酒，等开春普鲁士人走了就交货。

旅途劳顿，刚吃完饭，大家就回房歇息了。

然而，鸟先生处处留心观察，他扶妻子上床躺下之后，就来到门口，对着锁孔忽而贴着耳朵倾听，忽而用眼睛窥视，要发现他所说的“走廊里的秘密”。

过了一个钟头的光景，他听见一阵窸窸窣窣的声音，就赶紧观望，只见羊脂球换上镶白边蓝色开司米睡袍，显得更加肥胖了，她端着一支烛台，走向走廊里端的厕所。但是，旁边的一扇门开了一条缝，过了几分钟，等羊脂球回来，高奴代穿着背带裤跟在后面。他们说话声音很低，接着停下不走了。羊脂球好像守住门口，坚决不让他进去。鸟先生干着急，听不见他们讲什么，后来他们提高了嗓门儿，他才听见几句。高奴代百般央求，说道：“瞧您，干吗这么傻，这有什么关系呢？”

羊脂球气愤地答道：“不行，亲爱的，有的时候，就不能干那种事，何况在这会儿，简直就可耻。”

高奴代大概一点也没听懂，还问为什么。于是羊脂球发火了，声调也更高了：“为什么？您还不明白为什么？普鲁士人就在这座楼房里，也许就在隔壁房间，还问为什么？”

高奴代没话讲了。有敌人在附近，这个妓女便不肯同人寻欢做爱，这种爱国主义节操，不能不在他心中唤起颓唐的自尊。因此，他只是搂着她亲了一下，便蹑手蹑脚回客房了。

鸟先生欲火升腾，他离开锁孔，在房间里猛然往上一纵，又去戴上睡帽，钻进躺着他妻子硬邦邦身体的被窝里，一个亲吻将她弄醒，悄悄说道：“心肝儿，你爱我吗？”

这时，整个楼房鸦雀无声了。然而过了不久，不知从哪儿传来鼾声，也许是从地下室，也许是从阁楼里传来的。那鼾声很有力、单调而有节奏，是一种低沉而悠长，犹如锅炉里气压升高而抖动。佛郎维先生睡着了。

原定次日八点钟动身，到时候大家都在餐厅会齐了。然而，那辆驿车却孤零零地停在院子当中，篷布顶盖了一层雪，既没有套马，也不见车夫。马厩、草料房、车库全找遍了，踪影皆无。于是，所有男士决定上街去搜寻，说罢一道出去了。他们来到教堂前广场，只见两侧低矮的房舍里都有普鲁士兵。他们看到的头一个士兵正在削土豆皮。再远一点儿，第二个士兵在给理发店洗刷屋子。还有一个满脸胡须的士兵正在亲一个哭闹的小孩，把孩子放在膝上摇着，哄孩子停止哭闹。那些肥胖的乡下妇女的男人都去当兵打仗了，她们则打着手势，告诉那些听话的胜利者该干什么活儿，例如劈柴火，往面包片上浇热汤，磨咖啡，等等。有一个士兵居然给女房东洗衣服，因为女房东是个手脚不灵便的老太婆。

伯爵十分诧异，便向一个刚从教堂神甫住宅出来的执事打听。那位老信徒回答说："唔！他们可不是坏人。听说他们也不是普鲁士人，是从更遥远的地方来的，究竟什么地方我说不好。他们抛下老婆孩子，全都离开家乡。哼，打仗，他们并不觉得有趣！那边的女人也挂念男人，肯定经常哭泣。他们那里跟我们这里一样，也要闹饥荒了。这里还好，眼下不算太苦，因为他们并不作恶，还像在家里一样帮着干活。您瞧见了吧，先生，穷帮穷，就该这样……要打仗的是那些大人物。"

战胜者和战败者这样和睦共处，高奴代见了非常气愤，马上就走开了，他宁愿回旅馆躲进客房里。鸟先生开了一句玩笑："他们来补充人丁。"卡雷-拉马东先生则讲了一句正经话："他们是在补偿。"他们还是没有找见车夫。最后，发现他在镇上的咖啡馆里，正同那位军官的勤务兵亲热地坐在一起。伯爵招呼他，问道："不是命令你八点钟套车吗？"

"不错，可是，后来我又接到另一个命令。"

"什么命令？"

"根本不让我套车。"

"是谁给你下这样的命令？"

"这还用问，当然是普鲁士指挥官。"

“为什么下这样的命令？”

“这我就不清楚了，还是去问问他吧。不准我套车，我就不套车。——就是这码事儿。”

“是他亲口对你讲的吗？”

“不是，先生，他的命令，是旅馆老板向我传达的。”

“什么时候？”

“昨天晚上，我要去睡觉的时候。”

三位先生极为不安，回到旅馆。

他们要见佛郎维先生，可是女仆回答说，佛郎维先生有气喘病，十点钟以前向来不起床。他甚至明确规定，除非失火，否则绝不准提前叫醒他。

他们想见军官，也是绝对不行的。那军官虽然住在旅馆里，但只准许佛郎维先生一人跟他谈民事。大家只好等待。女士们各自回客房，干些琐屑的事情。

厨房高大的壁炉炉火很旺。高奴代让人搬来一张小方桌，送来一瓶啤酒，便在壁炉脚下坐定，掏出他那烟斗。在民主党人之间，那烟斗和他享有同样的威望，就好像它为高奴代效劳就是为祖国效劳。那是一只海泡石烟斗，非常精美，积了厚厚的烟垢，跟主人的牙齿一样黑，但有浓郁的香味。整个烟斗弯弯的，油光锃亮，由主人的手把玩熟了，也给主人的仪容增添了十足的神气。高奴代端然坐在那里，一双眼睛时而盯住炉火，时而凝视杯中的一层泡沫。他每喝一口，就得意地用又瘦又长的手指掠掠油腻的头发，同时吮吮挂在髭须上的啤酒沫。

鸟先生说是要活动活动腿脚，跑去向当地零售商兜售他的葡萄酒。伯爵和棉纺厂主则谈起政治。他们预测法兰西的前途，这一个相信奥尔良王室会重新掌权，那一个认为会出现个无名的大救星，在国破家亡之际会有英雄出世，也许会出个德·盖克兰，出个贞德吧？或许再出个拿破仑一世吧？哼！如果皇太子不是太年幼的话？……高奴代微笑着听他们讲话，俨然一副已知命运谜底的神态。他那烟斗香烟缭绕，充斥整个厨房。

十点钟敲响的时候，佛郎维先生露面了。大家急忙问他，可是他只回答两句话，一字不改地重复两三遍："军官就是这样对我说的：'佛郎维先生，您去告诉车夫，明天不准套车。没有我的命令，那些旅客不能走。您明白吗？好了。'"

于是，他们要面见军官。伯爵给他送上名片，卡雷-拉马东在上面加了自己的姓名和所有头衔。普鲁士军官派人传话，说他同意午饭之后接见这两个人，也就是说要等到下午一点钟。

几位女士又来了，大家虽然心神不安，还是吃了点东西。羊脂球身体好像不适，神情也极度不安。

喝完咖啡的时候，勤务兵来叫这两位先生。

鸟先生也要跟去，他们还想拉着高奴代，好使他们这次举动显得更加郑重其事。不料高奴代却自豪地宣称，他绝不同德国人打交道。说罢，他重新坐到壁炉脚下，又叫了一杯啤酒。

三个人上楼去，被带进这家旅馆最漂亮的房间，受到军官的接见。那军官躺在太师椅里，双脚搭在壁炉上，抽着一根长长的烟斗，身上穿的那件色彩鲜艳的睡衣，大概是从某个趣味庸俗的市民遗弃的住宅里窃取来的。他既不起身，也不同人打招呼，连瞧都不瞧他们一眼，从而提供了得胜军人那种骄横态度的绝妙样板。

过了半晌，他才终于开了口："里（你）们要看（干）什么？"

伯爵答道："我们想要启程，先生。"

"铺（不）行。"

"请问，为什么不放行？"

"因为火（我）铺（不）愿意。"

"我十分恭敬地提醒您注意，先生，贵军总司令发给我们去迪埃普的通行证，我想我们并没有出什么差错，要受到您这样严厉的对待。"

"火（我）铺（不）愿意……就系（是）这码系（事）……里（你）们可以下去了。"

三个人躬了躬身，一齐退下。

整个下午都垂头丧气，谁也不明白那个德国人犯了什么毛病，每个人都绞尽脑汁，往最离奇方面去想。他们都守在厨房里，想象出各种荒唐的情况，争论不休。莫不是要扣留他们当作人质吧？——可是要达到什么目的呢？——或许要把他们当作俘虏押走吧？抑或要敲他们一大笔赎金？转念至此，他们都惊慌失措，越有钱的越害怕，眼前已经出现这种情景：自己为了赎命，把整袋整袋的金币倒在这个骄横的大兵手里。于是，他们挖空心思，想出一些说得过去的谎言，极力隐瞒自己的财富，装成穷人，装成一贫如洗的穷鬼。鸟先生还把怀表链摘下来，藏到衣兜里。天色渐渐黑下来，他们的恐惧也一分分增加。屋里点上灯了，晚饭前还有两小时，鸟太太就提议打牌，玩三十一点。这总归是一种消遣的办法。大家同意了，就连高奴代也出于礼貌，将烟斗熄灭，上了牌桌。

伯爵洗牌，分牌。刚开局，羊脂球就得了三十一点。不久，大家的心思都转移到打牌上，担忧的情绪便平静下来了。不过，高奴代倒发觉，鸟先生夫妇串通一气作弊。

大家正要入座吃饭的时候，佛郎维先生又来了，他操着嘶哑的声音说道：“普鲁士军官派我来问问伊丽莎白·鲁塞小姐，她是不是还没有改变主意。”

羊脂球站在那里，脸色刷白，继而又突然涨红，她怒气攻心，一时说不出话来，过了半晌才终于发作：“您去对那个无赖，对那个臭流氓，对那个普鲁士的狗东西说，我绝不同意，您听清楚了：我绝不，绝不，绝不同意。”

旅店胖老板出去了。这时，大家围上来，盘问羊脂球，要她讲出她见军官时所谈的秘事。她先是不肯说，不过实在气极了，不久便高声嚷道："他要干什么？……他要干什么？……他要跟我睡觉！"

大家都义愤填膺，听了这句粗话，谁也没有感到刺耳。高奴代猛地把酒杯往桌上一甩，把酒杯震碎了。大家异口同声谴责那个无耻的兵痞，只听一片怨怒，同仇敌忾，仿佛逼迫羊脂球委身，就是要求他们每人都作出一份牺牲。伯爵十分憎恶地说，那些人的行径如同古代的蛮族。几位太太对羊脂球尤为怜惜和体恤。两位修女只是在吃饭时才露面，她们低着头一声不吭。

大家发泄完一阵愤怒之后，还是照样吃晚饭，不过话不多，都在闷头思量。

几位太太早早回房歇息了。男人还待在那里，边抽烟边组成牌局，并邀来佛郎维先生，他们想要巧妙地套他的话，了解用什么办法才能消除那个军官的刁难。然而，他一个心思打牌，什么也不听，什么也不回答，总是重复这句话："打牌，先生们，打牌。"他打牌十分专心，连痰都忘记吐了，结果胸膛里不时发出悠长的声音，肺叶咝咝鸣响，发出哮喘病的整个音阶，从低沉的音符一直到小公鸡学打鸣时那种嘶哑的尖叫。

他的女人困倦了，来叫他去睡觉，他也不肯上楼去。那女人只好一个人走了，她一向"早起"，日出总要起床，而那男的是“夜猫子”，随时准备陪朋友熬过半夜。他冲女人嚷道：“把我那蛋黄牛奶放到炉边热着。”说罢又打起牌来。大家看出从他嘴里什么话也套不出来，就说时间晚了，各自回客房休息。

次日，他们还是早早起床，都隐约抱着一种希望，抱着更强烈的启程的欲念，生怕在这家破烂不堪的小旅馆里再泡一天。

唉！驿马还拴在马厩里，车夫依然不见踪影。大家闲得无聊，就围着马车转来转去。

午饭的气氛极为沉闷。夜晚深思往往会改变人们的看法，大家对羊脂球的态度似乎冷淡一点了，现在他们都几乎怨恨这个女人，怪她没有偷偷地找那个普鲁士人，以便一觉醒来给旅伴们一个惊喜。这不是再简单不过的事情吗？谁又能够知道呢？她也可以保住面子，对那军官说她只是可怜旅伴们的困境。这种事对她也根本不算什么！

不过，他们心里这样想，谁也没有讲出来。

下午，大家都闷得要命，伯爵提议到镇上走走。每人都把身子裹得严严的，这一小伙人就出去了，唯独高奴代和两名修女不去。高奴代宁愿守着炉火。两名修女则到教堂或神甫住宅去打发时日。

严寒日甚一日，冻得鼻子和耳朵像针扎的一般，冻得双脚疼痛难忍，每走一步就受一下罪。等到望见田野，望见覆盖大地的那无边无际的一片白色，大家感到十分凄凉悲惨，只觉得灵魂冻透，一阵揪心，立刻掉头往回走了。

四个女人走在前面，三个男人相距不远跟在后面。

鸟先生清楚所面临的形势，他突然发问：这个“婊子”是不是连累他们，在这种地方还要长久待下去？伯爵始终温文尔雅，他说这种事只能心甘情愿，不能硬逼一个女人作出如此痛苦的牺牲。卡雷-拉马东则指出，如果真像传闻那样，法军要从迪埃普反攻，那么两军就要在托特这里相遇。另外两个人一听这话，更加忧心忡忡了。鸟先生又说道：“干脆徒步逃离吧。”伯爵耸了耸肩膀：“您怎么能这样想？要走在雪地里，我们又带着夫人！那些大兵会立刻追赶，十分钟就能追上，把我们当成俘虏抓回来，任意摆布了。”这话不错，大家都沉默了。

几位太太在谈论打扮，她们之间有几分拘谨，仿佛离心离德了。

街口那边突然出现那个普鲁士军官。无边无际的雪野，衬出他那穿着军装的细腰蜂般长长的身影，只见他走路双膝向外撇开，那种军人特有的步行姿势，是怕弄脏了刚刚擦亮的皮靴。

他在几位女士面前经过时，微微躬身致意，接着十分鄙夷地瞧了瞧几个男人。而这几个男人倒也不失尊严，没有脱帽，唯独鸟先生做了个要摘帽的动作。

羊脂球的脸一下子红到耳根，而三位有夫之妇则感到莫大的耻辱。她们同这名妓女走在一起，却偏偏撞见对待她十分放肆的那个军人。

于是，她们谈起那个军官，品评他的身材和容貌。卡雷-拉马东夫人结交过许多军官，极有鉴赏眼光，她觉得这个军官还不错，甚至惋惜他不是法国人，否则准能成为所有女子都会迷恋的一名很帅的轻骑兵。

回到旅馆，大家又不知道干什么好了。甚至为了区区小事，说话也尖酸刻薄起来。大家沉默无语，匆匆吃过晚饭，各自回房睡觉，期望在睡梦中消磨时间。

次日下楼来，大家脸上都是一副倦容，心情也十分恶劣。几位太太几乎不跟羊脂球说话了。

教堂的钟声响了，是为一个孩子洗礼。这个胖姑娘也有一个孩子，寄养在伊弗托的农户人家里，一年也见不上一次面，从来不挂在心上，现在想到要受洗礼的孩子，便猛然萌生对自己孩子的强烈爱心，于是她非要去参加那个仪式不可。

羊脂球一走，其他人就彼此瞧瞧，将椅子凑近，因为他们感到终究要作出个决定。鸟先生灵机一动，有了个点子：向那军官建议放别人走，把羊脂球一人扣住。

还是佛郎维先生担当传话的使命，可是，他刚上楼就下来了。那个德国人熟识人的本性，将佛郎维先生赶出了门，声称他的欲望只要得不到满足，就扣留全体旅客不放。

鸟太太市井无赖的脾气发作了："我们总不能老死在这里

吧。这个小娼妇，跟所有男人干那种事，就是她的本行，我看她没有权利挑肥拣瘦。我倒要问问，这玩意儿在鲁昂碰见谁要谁，连马车夫都行！没错儿，夫人，就是省督府的那个马车夫，这事儿我清楚，他总到我们店里买酒。而今天，让她帮我们摆脱困境，这个小婊子，倒忸怩作态起来啦！……照我看啊，那个军官行为倒很正派。也许他好长时间没有接近女人了，当然我们这三个人更对他的口味。可是不然，他愿意将就，只要大家都玩的这个女人。他尊重有夫之妇。想一想吧，他是这里的主人啊。他只要说一句：'我要。'在他手下士兵的协助下，就能把我们强奸了。"

那两位女士微微打了个寒战。漂亮的卡雷-拉马东夫人眼神发亮，脸色有点苍白，仿佛已经感到自身被那军官强施非礼了。

几个男人本来单独商量，这时都凑过来。鸟先生怒不可遏，要把"这个贱货"手脚捆起来献给敌人。不过，伯爵出身外交官世家，三代出任大使，而他本人又天生一副外交家的派头，主张使用巧计："还是劝她自行决定。"

于是，他们密谋一番。

几位女士也凑得更紧，放低讲话的声音。大家共同讨论，各抒己见。而且，话也都讲得极有分寸。尤其几位女士，谈论这种极其淫秽的事情，措辞也都文雅委婉起来。大家讲话都句斟字酌，特别审慎，一个外人撞见绝对听不懂。不过，上流社会的所有女子，身上披着的那一层薄薄的遮羞布，只能掩饰其外表。她们一遇到这种风流事，立刻心花怒放，由衷地感到快意销魂，如鱼得水，怀着乐此不疲的春心，为别人撮弄野合偷情，好比一个馋嘴的厨子在给另一个人做晚饭。

谈到后来，他们觉得这件事太有趣了，不觉恢复了快活的情绪。伯爵逗乐的话也颇为轻率，但是讲得很巧妙，只引起会心的一笑。鸟先生一开口，话可就放肆粗鲁多了，但是，他们丝毫也不觉得不堪入耳。鸟太太直统统表达出来的看法，令所有人都折服了，她说："这个妞儿既然就是干这行的，干吗偏偏要拒绝这一个呢？"多情的卡雷-拉马东夫人似乎还这样想：她若是羊脂球，倒宁肯接受这一个。

他们久久商议如何围歼，就好像要攻陷一座被围困的堡垒。每人都确定要扮演的角色、要依据的理由、要施展的手腕。他们也确定了攻打的方案、要采用的计谋和突袭，以便迫使这座活堡垒开门纳敌。

然而，高奴代却躲到一旁，根本不相与谋。

他们几人都全神贯注，谁也没有听见羊脂球回来。幸而伯爵轻轻嘘了一声，他们这才抬眼一看，羊脂球已经走到跟前。大家戛然住口，一时颇为尴尬，不知对她说什么好。到底伯爵夫人比别人灵活，深谙交际场上虚伪那一套，她就问羊脂球："这次洗礼，有意思吗？"

胖姑娘激动的心情还没有平静下来，就从头至尾讲述了一遍，她见到什么人，每人什么姿态，甚至教堂的外观也都讲到了，最后还说了一句:“有时祈祷祈祷太好了。”

一直到吃午饭这段时间，几位太太并没有多讲什么，只是对她特别和蔼，以便增加她的信任感，更能听进她们的劝告。

一上饭桌，就开始行动了。他们首先泛泛谈起献身精神，列举古代的事例，先谈到犹滴和霍洛菲纳，继而又无缘无故提起卢克雷蒂娅和塞克斯图斯，还说克娄巴特拉先后引诱敌军所有将领上床，使他们一个个像奴隶一样俯首听命。于是，一个荒诞不经的故事在这里展开了，这是那些不学无术的百万富翁想象出来的，说是罗马的女公民纷纷跑到加布那里，搂抱汉尼拔，搂抱他的所有副将和雇佣军的全体官兵，麻痹他们的斗志。他们列举出挺身阻挡住征服者的所有女人，她们把自己的肉体当作战场，当作克敌的手段，当作武器，使用英勇的爱抚战胜丑恶而可恨的家伙，为了复仇与报效国家而牺牲贞操。

他们甚至还婉转地讲到一位英国贵族女郎，说她蓄意染上一种可怕的传染病，要传给拿破仑，只是在那致命的幽会时刻，拿破仑突然感到一阵虚弱乏力，才算奇迹般地死里逃生。

这种种故事讲得很得体，很有分寸，有时还爆发一阵狂热的赞扬声，存心激发人去效法。

听到最后你会相信，女人活在世上，唯一的角色就是永无止境奉献自己的肉体，听任那些大兵无休止地蹂躏。

两位修女似乎陷入沉思，什么也没有听见。羊脂球则一言不发。

整个下午，大家就让她考虑去。不过，他们本来一直称她“夫人”，现在却只叫她“小姐”了。谁也说不清为什么改变称呼，就好像要把她从她爬到的受人尊敬的地位上，拉下一级似的，以便让她感到自己不体面的处境。

晚饭时刚端上汤来，佛郎维先生就又露面了，他还是重复昨天晚上的问话：“普鲁士军官派我来问问伊丽莎白·鲁塞小姐，她是不是还没有改变主意。”

羊脂球冷淡地答道：“没有，先生。”

在这晚餐桌上，同盟军的攻势削弱了。鸟先生讲了三句话，效果适得其反。每人都搜索枯肠，要找出新事例，结果一无所获。还是伯爵夫人隐约感到应当敬祈宗教的指引，也许她事先并没有考虑，随意问起年纪大的那位修女，圣徒都有哪些丰功伟绩。不料许多圣徒的所作所为，在我们看来可谓犯罪，但是教会毫不犯难地就宽恕了那些罪行，因为那是为光耀上帝或者帮助别人而犯下的。这是一个有力的论据，伯爵夫人立刻加以利用。不管是彼此默契配合，还是穿教袍的人都擅长的暗中讨好，也不管是笨脑袋歪打正着，还是干蠢事反为解忧，总之这位老修女给他们的阴谋帮了大忙。大家原以为她胆小怕事，其实她很有胆量，说起话来喋喋不休，有时言辞还很激烈。她丝毫不受决疑论的摸索探讨的影响，她信仰的学说好似一根铁棒，她的信念也从来没有动摇过，她的良心更是无所忌惮。她认为亚伯拉罕杀子祭神的行为极其自然，只要上天有令，她会立刻杀死自己的父母。依她之见，只要意图光明磊落，干什么事都不会惹怒天主。这真是天赐的同谋者，具有神圣的权威，伯爵夫人正好利用来开导，要她大肆阐述这句道德名言："但问目的不问手段。"

伯爵夫人问她："这么说，嬷嬷，您认为只要动机纯洁，上帝就能允许使用各种途径，而宽恕行为本身吗？"

"这有什么可怀疑的呢，夫人？一种本身应当受谴责的行为，往往因为当初的念头好而变得值得称颂了。"

她们就这样一问一答谈下去，判断上帝的意愿，估计上帝的决定，让上帝替实不相干的事情操心。

这番对话讲得相当隐晦，既巧妙又审慎。不过，这位头戴修女帽的圣女每讲一句话，都在这妓女愤怒的防线上攻破一个缺口。后来，谈话稍微走了点题。戴着念珠的这个女人讲起她那修会的修道，讲起她的院长，还谈到她本人和她的小伙伴，那个亲爱的圣尼赛佛尔修女。她们应命前往勒阿弗尔，是到医院里看护数百名染了天花的士兵。她们描绘那些患者的可怜样子，详细介绍了那种病状。现在，她们被那个任性妄为的普鲁士军官截在半路，而那边可能有许多法国人因为没有她们的救护而丧生。看护军人原本就是她的专长，她到过克里米亚、意大利、奥地利。她叙述经历过的那些战役，突然显露她就是打鼓吹号的修女队的一员，天生就是为了跟随兵营，在战场的漩涡中抢救伤员，比官长还有权威，一句话就能镇住不守纪律的大兵，可谓名副其实的随军好修女。那张脸蛋被天花毁容，布满数不清的坑坑洼洼，正是百孔千疮的战争写照。

她的话效果极佳，别人再也没有什么可补充的了。

大家一吃完饭，就很快上楼，各自回客房，次日上午很晚才下楼来。

午饭的气氛很平静。大家容些时间，让头天晚上播下的种子抽芽结果。

午后，伯爵夫人提议出去走走，于是，伯爵按照商定的方案，挽起羊脂球的胳膊，走在最后面。

伯爵对羊脂球讲话的口气既亲热随便，又慈祥大度，还掺杂着几分轻蔑，如同庄重的男人对妓女说话那样，称她“我亲爱的孩子”，他从自己的社会地位和无可争议的声望，居高临下对待她，直截了当地触及问题的要害：“看来，您执意不肯随和一点，做您一生经常做的事情，宁愿让我们滞留此地，和您一样等普鲁士军吃了败仗之后，可能遭受他们肆意残暴地侮辱吗？”

羊脂球默不回答。

伯爵还是婉言相劝，晓之以理，动之以情。必要时，他能既不失“伯爵先生”的身份，又会大献殷勤，曲意逢迎，显得风流可爱。他极力渲染这次救急多么重要，他们会多么感激她。继而，他突然嬉皮笑脸，直接以“你”相称，说道：“要知道，亲爱的，他一定会炫耀，说他尝到了国内不多见的漂亮妞儿的滋味儿。”

羊脂球一言不答，快步追上大家。

一回到旅馆，羊脂球立刻上楼回客房，再也没有露面。大家都极度不安。她到底要怎么样呢？如果她还抗拒，那可就进退维谷啦！

到了吃晚饭的时间，大家干等她也不来。佛郎维先生却走进饭厅，对大家说，鲁塞小姐身体不适，他们可以先吃了。所有人都竖起耳朵。伯爵走到旅馆老板身边，低声问道：“行了吗？”对方回答：“行了。”为了顾全体面，伯爵对旅伴们没讲什么，只是朝他们点了点头。每个人当即就如释重负，长长地出了一口气，而且喜形于色了。鸟先生嚷道：“我请诸位喝香槟，只要这旅馆里有！”鸟太太一阵心跳，她看见老板拿着四瓶酒回来了。突然间，一个个都活跃起来，又说又笑，又吵又闹，心里充满了一种轻佻的欢乐。伯爵似乎这才发现卡雷-拉马东夫人非常迷人，而那位棉纺厂厂主则恭维伯爵夫人。谈话既欢快又诙谐，往往妙语连珠。

忽然，鸟先生面露惊慌之色，举起双臂，吼了一嗓子：“别出声！”他们都住了口，无不深感意外，几乎有点震悚。这时，鸟先生侧耳细听，两只手捂在嘴上“嘘”了一声，又抬起眼睛望着天花板，重又侧耳细听，然后才以正常的声音说道：“诸位放心，一切顺利。”

起初大家莫名其妙，但是很快又都微微一笑。

过了一刻钟，鸟先生这一闹剧又重演一遍，这一晚上还反复数次。他时常装作同楼上一个人打招呼，从他那推销商的脑瓜里挖出语意双关的话，给对方出主意。有时，他装出一副愁眉苦脸的样子，叹道：“可怜的姑娘啊！”再不就咬牙切齿地咕哝：“这个普鲁士的无赖，好啦！”还有时候，谁都不想这件事了，他又连喊几声：“够啦！够啦！”接着仿佛自言自语：“但愿我们还能见到她的面，可别让那畜生给糟蹋死啊！”

这些庸俗的玩笑话虽然不堪入耳，却令大家开心，没有引起任何人反感。须知气愤也同其他情绪一样，取决于环境氛围，而这些人周围渐渐形成的气氛，则充斥着轻薄猥亵的念头。

到了上最后一道点心的时候，几位女士也含沙射影，讲了些俏皮话。每人的眼神都闪闪发亮，大家喝了不少酒。伯爵即使在吃喝玩乐的时候，外表也十分庄重，他打了个深受赞赏的比方，说是北极严冬时节过去了，被困在冰雪中的人看着往南的航道开通，无不欢欣雀跃。

鸟先生乐不可支，他站起身来，手里举着一杯香槟，嚷道："为庆贺我们的解放干杯！"所有人都起立，为他喝彩。两位修女拗不过几位太太的盛情相劝，小口抿了抿她们从未尝过的这种泛泡沫的酒，然后说这像柠檬汽水，不过味道好多了。

鸟先生概括当时的情景："只可惜没有钢琴，要不然就能跳一场四组舞。"

高奴代始终一言不发，坐在那里一动不动，仿佛沉浸在极为严肃的思虑中，有时狠狠扯了一把自己的大胡子，好像还要拉长似的。时近午夜，大家终于要散了。鸟先生摇摇晃晃，过去突然拍了拍高奴代的肚子，结结巴巴地对他说："您哪，今天晚上，怎么不快活，一句话不讲呢，公民？"不料高奴代猛地抬起头，两眼射出凶光，扫视在座的所有人，说道："告诉你们这些人，你们刚才的行为无耻透顶！"说罢站起身，走到门口，又重复一遍："无耻透顶！"这才出去不见了。

无疑这是兜头一盆冷水。鸟先生十分尴尬，一时呆若木鸡。不过，他很快又定下神儿来，接着突然弯下腰，大笑不止，反复说道："葡萄太酸了，老兄，葡萄太酸了。"他见大家不明白这话的意思，就把"走廊里的秘密"讲了一遍。于是，大家精神重振，又是一阵狂喜。几位夫人简直乐疯了。伯爵和卡雷-拉马东先生笑得直流泪。他们难以相信有这种事。

"怎么！您敢肯定？他真要……"

"跟你们说，这是我亲眼见到的。"

“而她不肯……”

“就因为那个普鲁士人住在隔壁房间。”

“怎么可能呢？”

“我向你们发誓。”

伯爵笑得岔了气。那位工业家双手紧紧掐住肚子。鸟先生还不罢休：“所以，你们都明白了，今天晚上，他觉得她没有意思，一点儿意思也没有。”

三个男人又放声大笑，直笑得肚子痛，喘不上气来，连连咳嗽。

大家就在这种欢乐中分手了。鸟太太天生就赤口毒舌，临上床睡觉时，她向丈夫指出，卡雷-拉马东那个“小浪货”，整个晚上都强颜作笑：“要知道，女人啊，一旦迷上穿军装的，也不管是法国人还是普鲁士人，真的，她们觉得无所谓。天主啊，你说丢人不丢人！”

黑暗的走廊里，通宵都好像有轻微的动静，那细微的响声，几乎难以捕捉，犹如气息，那是赤脚擦过地面，是不易觉察的吱吱咯咯声。自不待言，大家很晚才睡觉，因为许久门下缝隙还透出灯光。喝香槟酒就有这种效果，据说是睡不着觉的。

次日，冬天的太阳明晃晃的，照得雪光耀眼。驿车终于套好了，停在门外等候。一大群白鸽子，黑眸子粉红色眼睛，羽毛丰厚，挺着胸一本正经地在六匹马腿下绕来绕去，啄开冒热气的马粪蛋觅食。

车夫套着羊皮袄，坐在车座上抽着烟斗。全体旅客兴高采烈，催人快点包好食物，以备下一旅程食用。

只等羊脂球一人了。她露面了。

她的神情有些慌乱和羞愧，怯生生地朝旅伴们走过来，而他们都一齐扭过脸去，好像没有看见她。伯爵庄严地挽起夫人的胳膊，拉她躲开这种不洁的接触。

胖姑娘不禁愕然，停下脚步，这时，她鼓足勇气，向棉纺厂厂主太太极谦和地轻轻说了一声："早安，太太。"对方极其傲慢，只是点了点头，而同时那眼睛一瞥，就像贞洁的女人受到了侮辱。每人都显得十分忙碌，而且离她远远的，好像她衣裙里带来了传染病。继而，大家又蜂拥朝驿车奔去，羊脂球落在最后，独自上了车，一声不响坐到前一程坐的老位置上。

大家好像没有看见她，也不认识她。而且，鸟太太还远远地怒视她，低声对丈夫说："幸好我没有挨着她坐。"

笨重的马车摇晃起来，他们又启程了。

起初，大家沉默不语。羊脂球连眼皮也不敢抬一抬。一方面她感到气愤，恨这些虚伪的人把她推进那个普鲁士人的怀抱，另一方面她也感到羞愧，恨自己让了步，受到那家伙的玷污。

不久，伯爵夫人转向卡雷-拉马东夫人，打破这种难堪的沉默："我想，您认识德·埃特雷勒夫人吧？"

“认识，是个朋友。”

“她那人多可爱啊！”

“非常迷人！她的确出类拔萃，极有学识，也有艺术细胞，唱得一口好歌，画得一手好画。”

棉纺厂厂主在同伯爵闲聊，在车窗玻璃震荡的啪啪声中，时而听见息票、期限、溢价、到期等字眼儿。

鸟先生夫妇在斗纸牌，这副牌是他从旅馆里顺手牵羊偷来的，满是油腻，已经在擦得不干净的餐桌上摩擦了五年。

两位修女从腰带上取下长串念珠，一齐画了十字，嘴唇忽然嚅动起来，动作越来越快，迅速地咕咕哝哝，仿佛比赛念祈祷文，还不时吻吻一块圣像牌，吻完又画十字，接着嘴唇重又快速持续地嚅动。

高奴代坐在那里，一动不动地沉思。

车行驶了三小时，鸟先生收起牌，说了一声：“肚子饿了。”

于是，他老婆伸手够到一个用细绳捆的食品包，取出一块冷牛肉，麻利地切成整齐的薄片，两个人就吃起来。

“我们也吃点东西好吧？”伯爵夫人说道。她征得同意，便打开为两家准备的食物。一个椭圆形罐子的盖上有一只彩釉兔子的造型，表明里面装着野兔肉糜，那是味道鲜美的熟肉，还拌了其他的肉末，而猪油形成的一道道白色溪流，在这野味的褐色肉上流淌。还有一大块瑞士产的干酪，是用报纸包来的，油乎乎的面上还印出报上“社会新闻”的字样。

两位修女打开纸卷。取出一截散发蒜味的香肠。高奴代双手则同时插进肥大外套的大兜里，从一个兜里掏出四个煮鸡蛋，从另一个兜里掏出一块面包。他剥了蛋皮扔在脚下的干草里，咬着吃起鸡蛋，而蛋黄渣儿掉在大胡子上，好像一颗颗星辰。

羊脂球起床时匆忙慌乱，什么也没有想到，她见这些人坦然地吃东西，不禁义愤填膺，几乎喘不上气来，一时心头火起，责骂的话也涌到嘴边，真想张口痛斥他们的行径，可是气愤已极，讲不出话来了。

没人看她，也没人想到她。她感到这帮体面的恶棍先把她当作牺牲品，再把她视为肮脏无用的东西扔掉，现在又将她淹没在一片鄙夷中了。于是，她想起那只大篮子，装满了好吃的东西，有两只亮晶晶的熟冻鸡、肉酱、梨，还有四瓶波尔多红葡萄酒，全让他们贪婪地一扫而光。然而，就像绳子拉得太紧而绷断似的，她的怒火却陡然平息下来，只感到要流泪。她极力忍住，浑身僵直，像孩子一样要把哽咽吞下去，但泪水还是往上涌，在眼圈儿闪亮，不久，两大颗泪珠就脱离眼睛，顺着面颊缓缓流下来，随后泪珠接连往下流，淌得更快，犹如岩石缝里渗出的水珠，一滴滴顺序落到她那滚圆的胸脯上。她的上身挺得直直的，眼睛凝视前方，苍白的脸绷得铁紧，只希望没人看她。

然而，伯爵夫人偏偏发现了，便对她丈夫使了个眼色。伯爵耸了耸肩，分明表示：“有什么办法？这不能怪我。”鸟太太则得意地窃笑，咕哝道：“做了丢人事，现在哭了。”

两位修女把吃剩的香肠卷在纸里，重又祈祷。

高奴代正在消化吃下去的鸡蛋，两条长腿伸到对面座位底下，身子往后一仰，手臂交叉在胸前，面露微笑，那神情就像要搞恶作剧，接着打口哨吹起《马赛曲》。

大家的脸色阴沉下来。毫无疑问，他身边的人一点不喜欢这一民众之歌。他们烦躁起来，恼羞成怒，一个个的样子活像狗听见手摇风琴的乐声，都要大声嗥叫。

高奴代见此情景，越发吹个没完，有时他还哼出歌词来：

对祖国的爱多么神圣，
快来把我们复仇的手引导支撑，
自由啊，无比珍贵的自由，
快来同保卫你的人并肩战斗！

雪地硬实了一些，驿车行驶速度快得多了，不过，还要经受旅途的颠簸，熬过漫长而凄苦的时间，才能到达迪埃普。因而不论在白天，在黄昏时分，还是在黑洞洞的夜晚，高奴代在车中就是这样残忍而执拗地一直吹口哨，让他这单调复仇的哨声，逼使这些疲惫而气恼的人的头脑从头至尾跟随这支歌，并随着每一节拍都想起相应的歌词。

羊脂球一直在饮泣，在黑暗中，有时在歌曲的节拍之间，传出她未能忍住的一声悲啼。

一个诺曼底人

——献给保尔·阿莱克西

我们出了鲁昂城，驶上通往瑞米耶日的大道，轻便马车就飞驰起来，穿过一片片牧场，直到爬康特勒坡冈时，马儿才放慢速度。

眼前的景色，是这世间最为壮美的了。身后便是鲁昂城，林立的教堂和哥特式钟楼，建造精美，宛若象牙工艺品。对面则是圣瑟韦工厂区，矗立着无数烟囱，向天空喷射烟云，与老城区无数神圣的钟楼遥相呼应。

这边，大教堂的箭顶，是人类建筑丰碑的制高点；那边，作为竞争对手，“霹雳”的“火泵”，几乎也高不可测，甚至比埃及最巨大的金字塔还要高出一米。

前面，流淌的塞纳河水波光粼粼，河中散布着岛屿。右岸白色的峭壁上覆盖一片森林；左岸草场连着草场，一望无际，延展到远处，很远处，才被另一片森林阻断。

沿着宽阔大河的陡岸，停泊着一些大船。只见三艘巨型汽轮，鱼贯朝勒阿弗尔方向驶去。另有一组船队，首尾相连的一只三桅船、两只双桅纵帆船和一只双桅横帆船，由一艘吐着滚滚黑云的小拖轮牵曳着，逆流驶向鲁昂。

我的同伴是当地人，看也不看这片令人惊叹的景色，不过，他一直在微笑，又似乎在窃笑。猛然间，他朗声说道："啊哈！等一下您就会看到一样特逗的东西，马蒂厄老爹的小礼拜堂。老兄啊，那才够味儿呢！"

我不免惊讶，看着他。他又说道："我要让您闻一闻诺曼底的一种气味，它会留在您鼻孔里久久不散。马蒂厄老爹是全省最值得称道的诺曼底人，他那小教堂，也算这世间一个不大不小的奇观。关于这一点，我得先给您解释几句。"

马蒂厄老爹，人称"酒坛子"老爹，原是个退伍还乡的上士，他身上以精妙的比例，完美地结合了兵痞的调侃戏谑和诺曼底人的奸狡油滑。他回到家乡，依仗多方面的照拂，以及他本人不可思议的手段，当上了一座很灵验的小教堂的管理员。那座教堂受圣母的护佑，经常前来求神膜拜的，主要是那些怀了孕的少女。他还给教堂里显灵的神像取了个名字："大肚子圣母"，而且对这位圣母也比较随便，总好说三道四，但是绝不敢失敬。他为他那“好心肠的童贞圣母”专门写了一篇祈祷文，还送去印刷出来。这篇杰作充满无意的嘲讽、诺曼底式的幽默风趣，冷嘲热讽中还掺进了对神的敬畏，对神秘的灵验所怀有的迷信的敬畏。他也不大相信他这位保护神，不过出于谨慎，他还是相信一点点儿，从策略上考虑，他也得小心点侍候。

他这篇令人咋舌的祷文是这样开头的：

我们慈悲的童贞圣母玛利亚，本地以及整个大地未婚母亲天经地义的保护神，请您保护我这因一时疏忽而失足的女仆吧。

……

祷文是这样结尾的：

千万代我问候您的神圣丈夫，并代我向天父求情，让他赐给我一个类似您那夫君的好丈夫吧。

这篇祷文遭到本地神职人员的封杀，马蒂厄老爹就暗中出售，据说那些虔诚诵祷的女人，无不受益匪浅。

总而言之，他谈起仁慈的圣母，就像一名贴身仆人谈论他的主人——一位令人敬畏的王爷，抖出他熟知的主人的所有隐私。他也了解圣母的底细，跟朋友在一起时，几杯酒下肚，他就压低声音，当作一大堆笑话讲出来。等一下，您亲自见识见识吧。

光靠圣母这位保护神，收入似乎根本不够他花的，于是，除了圣母这个主业之外，他又搞了点儿副业，做起圣徒的生意。所有圣徒尽在他的掌握之中。小教堂里摆不下了，他就将圣徒像放到柴房里，一有信徒前来请圣，他就立刻搬出来。这些小木雕像，都是他亲手制作的，一副副模样滑稽极了。恰好有一年，有人来给他用油漆漆房子，他就让人家顺手把圣徒像从头到脚全漆成绿色。您也知道，圣徒都会治病，但是各有专长，绝不能搞混了，也不能弄错了。况且，他们都像蹩脚的演员那样，彼此嫉妒得要命。

那些老太婆怕拜错圣徒，常来请教马蒂厄。

“耳朵出毛病，拜哪一位圣徒最灵？”

“当然是奥西姆圣徒最灵了，还有圣庞菲尔也不错。”

马蒂厄的乐子远不止这些。

他总有空闲时间，也就总喝酒，不过，他喝酒可是讲艺术的，诚心诚意，因而每天晚上都照例喝醉。他喝醉了，自己心里却明白，而且明白得很，每天都能记录下来醉酒的精确度。这是他的主要营生，教堂的差使倒排在第二位。

还有，他发明了——您听好，可得坐稳了——他发明了醉酒测量计。

测量仪器并不存在，但是，马蒂厄的观测，就跟数学家一样精确。

您能听见他反复这样说："从星期一起，我就超过了四十五度。"

或者这么讲："我处于五十二度至五十八度之间。"

再不然："我总有六十六度至七十度了。"

再不然："浑蛋，我本以为醉到五十度，现在发觉到了七十五度了！"

他一说一个准儿，从不出错。

他断定没有达到过一百度，不过他也承认，一超过九十度，他的观测就不准了，因此不能绝对相信他的话。

马蒂厄一旦承认过了九十度，那您就放心吧，他可是真的酩酊大醉了。

每逢醉成这样子，他老婆梅莉就气得发疯。那婆娘也是个活宝，她堵在门口，见马蒂厄回来，就破口大骂："你还回来，混账东西、臭猪、醉鬼！"

马蒂厄一听，就收起笑脸，面对他老婆站定，口气严厉地说道："闭嘴，梅莉，这会儿不是谈话的时候，等明天再说吧。"

假如她还不依不饶，他干脆逼近一步，声音颤抖着说道："快闭起你那嘴，我可是醉到九十度了，掌握不好分寸了！你要当心，我想揍人啦！”

梅莉这才收兵退下。

到了第二天，假如她又要重提这件事，马蒂厄就冲她嘿嘿一笑，回答说：“算了吧，算了吧，说得够多了，事情已经过去。如果还没有喝高，那也不碍什么事儿。如果真的喝高了呢，那我向你保证今后改正，说话算数！”

我们的马车已经爬上山冈，驶进鲁马尔这片壮美的森林里。

秋天，绚烂的秋天，在残存的鲜绿色之中，掺进了金黄色和紫红色，就好像太阳熔化了，一滴滴从天上流进了茂密的树林。

马车穿过杜克莱尔，我的朋友就驾车离开瑞米耶日大路，朝左拐上一条抄近道，驶进一片灌木林。

不大工夫，马车就爬上一座大山冈，我们重又发现风光旖旎的塞纳河谷，以及在我们脚下蜿蜒流淌的河水。

路右侧，有一座小建筑物，青石板屋顶，上面突兀立起一个钟楼，宛若撑起一把阳伞。建筑物的后身，是一所漂亮房子，安有绿色百叶窗，墙壁爬满了忍冬藤条和蔷薇枝蔓。

一副粗嗓门嚷道：“来朋友啦！”

马蒂厄闻声出现在门口。他年已六旬，瘦瘦的身材，蓄留一缕山羊胡子、两撇全白了的长长的髭须。

我的同伴与他握手，又把我介绍给他。马蒂厄把我们让进一间清爽的屋子，是厨房兼做客厅。他解释道："我呢，先生，我没有高雅的住宅。我不愿意远离吃的东西。您瞧，这些锅碗瓢盆，都陪伴着我。"

他随即转身，问我的朋友："您干吗赶在星期四来呢？您明明知道，这是我的保护神的门诊日。今天下午我出不了门。"

说着，他跑到门口，大吼了一嗓子："梅莉——莉！"吼声大极了，想必一直传到河谷，塞纳河上来往船只的水手都会抬头张望。

梅莉没有应声。

于是，马蒂厄狡黠地眨了眨眼睛，说道："她跟我赌气呢，要知道，昨天我喝高了，到了九十度。"

我的同伴笑起来："到了九十度，马蒂厄！您怎么搞成这样？"

马蒂厄答道："跟您说吧，是这么回事。去年，我只收获了二十拉齐埃尔的杏黄苹果。这是个小年，不过，酿苹果酒倒是够了。于是，我酿了一大桶，昨天才开启。玉液琼浆，就是玉液琼浆，你们尝尝就知道了。当时波利特在我这儿。我们俩喝了一杯，接着又喝下一杯，总不过瘾，真能一直喝到第二天。一杯接着一杯，喝得我的胃里凉飕飕的。我就对波利特说：'再来杯白兰地，暖暖身子该有多好哇！'他立刻赞成。可是，白兰地喝下去，全身又发火了，结果还得换回来，再喝苹果酒。就这样一凉一热，又一热一凉，我发觉自己醉到九十度了。波利特离一百度也不远了。”

房门猛然打开，梅莉走进来，还未向我们问好，就先来了一句：“……蠢猪，你们两个都足有一百度了。”

马蒂厄这下可火了：“不许胡说，梅莉，不许胡说，我从来就没有醉到过一百度。”

主人请我们吃了一顿美味的午餐。餐桌就摆在门前的两棵椴树下，旁边是“大肚子圣母”小教堂，面对着开阔的美景。马蒂厄给我们讲了一些不可思议的显灵的故事，他那嘲笑的口气中，却含有几分轻信，倒是出人意料。

苹果酒清凉可口，甜丝丝又有点辛辣，容易醉人，我们喝了好多，而比起别种酒来，马蒂厄更爱喝这种酒。饭后，我们就骑在椅子上抽烟斗，忽见来了两个老太婆。

两个人都够老的，佝偻着身子，骨瘦如柴。她们问了好，就说是来求圣布朗的。马蒂厄冲我们眨了眨眼睛，回答说：“我这就给你们取来。”

他说着，就钻进了柴房。

他待在柴房足足有五分钟，出来时一脸沮丧，双臂往上一举，说道：“不知他跑哪儿去了，没找到，但是我肯定有。”

说罢，他双手合成喇叭状，对着嘴又大声吼叫：“梅莉——

莉！”他老婆在院子后面应声道：“什么事儿？”

“圣布朗在哪儿呢？我在柴房没找见。”

于是，梅莉这样解答：“上星期，你拿去堵兔子窝的洞，是不是用了那一个？”

马蒂厄不由得打了个寒战：“雷劈的，真可能就是！”

接着，他对两个老太婆说道：“请跟我来。”

她们跟在后面。我们也跟上去看热闹，已经笑得岔了气儿。

果然，圣布朗像就插在地上，沾满了污泥脏物，被当作普通木桩撑着兔子窝的边角。

两个老太婆一见圣徒像，就急忙跪倒在地，又画十字，又咕哝着祈祷。可是，马蒂厄却赶紧阻拦：“稍等一下，你们跪到粪土里了，我去给你们抱捆麦秸来。”

他去抱来一捆麦秸，好歹垫上当作祈祷的跪凳。接着，他瞧着满身污秽的圣徒像，想必是担心有损他生意的信誉，就补充了一句：“我来把他给你们弄干净点儿。”

他拎来一桶水，拿刷子开始用力刷洗这个木偶，而这工夫，两个老太婆却一直在祈祷。

刷洗完毕，他又补充说道：“这下子就没得说了。”

于是，他又带我们回去喝了一杯。他的酒杯刚送到嘴边，忽然停住，有点不好意思地说道：“不错，我是拿圣布朗像堵兔子窝了，原以为他赚不来钱了，这两年就一直没人来求他。然而，您也瞧见了，圣徒就是圣徒，永远也不过时。”

他喝下杯中酒，接着说道：“来，咱们再干一杯，朋友一起喝酒，怎么也得醉到五十度，现在咱们还不到三十八度呢。”

皮埃罗

——赠给亨利·鲁荣

勒费弗尔太太是一位乡下富户太太，已然孀居，算是半个农妇，衣裙爱饰花边，帽子爱缀着粗俗的小玩意儿，说话常犯词语连读的错误，在大庭广众之中，总爱摆出一副盛气凌人的样子。总之，这类女人花枝招展、滑稽俗气的打扮，掩饰着一颗野蛮虚荣的灵魂，正如她们的丝线手套里，躲藏着一双通红的大手。

她有个佣人，名叫萝丝，是个头脑简单、老实厚道的乡下女人。

两个女人住在诺曼底的中部，临马路的小房安有绿色的百叶窗。

屋前有一小块窄条园子，她们就栽种了一些蔬菜。

不料一天夜里，有人偷走十二棵洋葱。

萝丝一发现失窃，就慌忙跑去报告太太。在家还穿着呢裙的勒费弗尔太太赶紧下楼来。一场浩劫，太恐怖了！居然有人偷东西，偷到勒费弗尔太太头上！看来，这地方有盗贼，一次得手还会再来。

两个女人惊慌失措，仔细观察留下的脚印，还喋喋不休，猜测各种情况：“瞧，他们就是从那儿进来的，登上墙头，再跳进菜畦里。”

想到往后的日子，她们越想越胆战心惊，今后还怎么睡安稳觉呢！

失窃的消息传开了。邻居都跑来看现场，也同样议论探讨。每次来个人，两个女人都要把她们的观察和想法重叙一遍。

住在附近的一个农场主给她们出了个主意：“你们就该养一条狗。”

这话倒是在理，她们应该养一条狗，有情况哪怕叫两声也好。不过，老天在上，不能养大狗！她们养条大狗干什么？吃也能把她们吃穷了。只能养一条小狗（在诺曼底称作quin），一只汪汪叫的小家伙。

等人全走了，勒费弗尔太太就跟萝丝商量养狗的事，商量了许久。她几番思索下来，能找出上千条理由反对养狗，一想到满碗的狗食，就面如土色，须知她是乡下富户太太中精打细算的那路人，口袋里总装着几个小铜子，以施舍招摇过市——给路上的穷人，给星期日的募捐。

萝丝喜爱动物，就摆出自己的理由，巧妙地为动物辩解。最后总算决定下来，养一条极小的狗。

于是，她们就开始寻求，但是看到的全是大狗，那些吃货食量吓死人。罗勒维尔村的食品杂货店老板，倒是养了一条个头儿极小的狗，不过他索要两法郎的饲养费。勒费弗尔太太声明，她的确想养一条小狗，但是绝不会花钱去买。

一家面包房老板得知这事的前因后果，一天早晨就用他的车拉来一只小怪兽：全身黄毛，四条腿短得跟没有似的，身子像鳄鱼，脑袋如狐狸，尾巴长似身子，像军帽的羽翎高高翘起。它的主人——面包房的一位主顾不想要它了。一个子儿不花，太太就觉得这条小脏狗挺好看。萝丝拥抱它，随后就问狗叫什么名字。面包师回答："皮埃罗。"

小狗就被安置在一个旧肥皂箱里。先给它水，它喝了，再给它一块面包，它也吃了。刚喂一次，勒费弗尔太太就犯嘀咕："等它在家待熟了，就可以放出去随便跑。它在附近转悠，总能找到吃的。"

小狗果然放出去了，可是它仍旧免不了饥饿。而且，只有要吃的时候，它才汪汪叫，叫起来还一声紧似一声。

谁都可以进园子里来。每次新来个人，皮埃罗就上前亲热，绝不叫唤一声。

日子一长，勒费弗尔太太逐渐习惯了，甚至有点喜欢这小狗了，还亲手喂它几口蘸了菜汤的面包。

然而，她根本就没有想到养狗还要交税，收税员登门向她要八法郎：“八法郎，夫人！”她一听，大叫一声，差点昏过去。就这么一条小破狗，连叫都不会叫，要交这么多钱！

她当即决定，把皮埃罗送人。可是谁也不要。方圆四十公里，每家住户都拒不收养。万般无奈，只好决定让它去“啃石头”。

所谓“啃石头”，就是“吃泥灰岩”。凡是不要的狗，全被打发去“啃石头”。

在一大片开阔地上，能看到一种草房，说得准确些，就是盖在地面上的小小的茅草棚。盖住的就是泥灰岩矿井的坑口。这种矿井垂直挖到地下二十来米深，下面连着通向矿层的长长的坑道。

一年一度，要给田地施加泥灰石时，才有人下井挖掘。平时，这种矿井别无他用，只是充当遗弃狗的坟场。谁从坑口附近走过，都能听

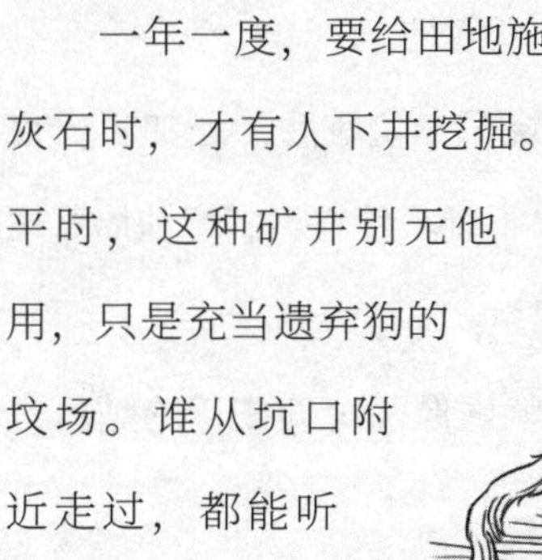

见升上来的哀号、狂吠或绝望的呼号、凄惨的求救之声。

猎犬和牧羊犬，都惊恐地逃避这种哀鸣的深洞。有谁俯身探看，立刻就能闻到一股腐烂的恶臭冲上来。

在黑洞洞的矿井里，发生了多少惨剧。

一条狗扔下去，仅靠先前被遗弃的狗残存的腐尸为食，活个七天八天，眼看就要饿死，忽然又扔下来一条狗，当然个头儿更大，也更强壮。矿井里两条饿狗，眼睛放光，相互窥视着，相互跟随，都还犹豫不决，焦灼不安。然而，饥饿在催逼它们，它们开始相互攻击，撕咬非常激烈，斗了很久。最后，强者吃掉弱者，活活吃掉了。

一旦决定让皮埃罗去"啃石头"，就得物色一个执行人。有个护路工人跑这趟要十苏[①]辛苦费。勒费弗尔太太认为这是漫天要价。一个在附近打短工的，倒是给五苏就干，可是太太还是嫌太贵。萝丝则表明看法，最好还是由她们亲自送去，这样的话，皮埃罗一路上就不会受虐待，对自己的厄运也就不会有所警觉。于是主仆二人决定，天一黑她们就前往。

这天傍晚，她们特意给皮埃罗烧了一盒香肠，还加了一点黄油。皮埃罗大口吃下去，舔得一滴不剩。趁它正满意地摇着尾巴，萝丝一把抓住它，将它裹在围裙里。

她们大步流星，穿越开阔地，就好像两个偷庄稼的贼。不

---

① 苏：法国大革命前的货币单位，是辅币。

大工夫，她们就瞧见泥灰岩矿井，到了坑口，勒费弗尔太太俯身听听，是否有狗的哀鸣。没有，矿井下没有狗。皮埃罗下去也只有它一条。这时，萝丝流下眼泪，抱着吻了吻它，然后就往洞里一扔。接着，两个女人又俯下身去，侧耳细听。

先是听见一声闷响，随即是动物受伤时的惨叫，接着又是连声哀鸣，再后就是绝望的呼唤，是狗仰头望着洞口，苦苦哀求救助的声音。

它汪汪叫起来，噢！这会儿它才汪汪叫了！

两个女人忽然感到后悔，感到恐惧，不知为何怕得要命，于是慌忙逃离现场。萝丝跑得快些，勒费弗尔太太跟在后面直喊:“等等我，萝丝，等等我！”

这天夜里，她们受噩梦纠缠，场景十分恐怖。

勒费弗尔太太梦见自己坐在餐桌前准备吃饭，一掀开汤盆盖子，皮埃罗就从盆里蹿出来，一口咬住她的鼻子。

她惊醒了，仿佛还听见小狗的汪汪叫声。她又侧耳听了听，才明白是错觉。

她再次入睡，又梦见自己走在一条大路上，路漫无尽头。猛然间，她瞧见路中央有只篮子，是农村用的大篮子，丢在那里无人管，而那篮子令她心惊胆战。

不过，她最后还是忍不住，揭开篮子盖，皮埃罗正蜷缩在里面，一口咬住她的手不放了。于是，她就拼命逃跑，而小狗咬住不放，就吊在她的手臂上。

天蒙蒙亮她就起床，几乎疯了一样，跑向那口泥灰岩矿井。

皮埃罗还在汪汪叫，就这样汪汪叫了一整夜。太太失声痛哭，用各种各样亲昵的称呼叫它。皮埃罗一一回应，狗声也那么哀婉温柔。

于是，勒费弗尔太太又要把小狗救出来，决定让它快乐一生。

她跑去找一个开采泥灰岩的矿工，把她的情况叙述一遍。那人只是听着，并不插言，等她讲完了，才说道："您还想要您那只小狗吧？那就付四法郎。"

勒费弗尔太太大吃一惊，她的全部痛苦顿时风流云散。

"四法郎！您就不怕撑死！四法郎！"

那矿工便回答说："您以为怎么着？我要带上绳索、绞车，到那儿架起来，还得带上我儿子去，保不准我还会让您那该死的小狗咬上一口，您以为我这么折腾，就为讨您高兴？当初就不该扔下去。"

勒费弗尔太太气冲冲走了。——哼，四法郎！

她一回到家，就叫来萝丝，告诉她那矿工如何漫天要价。萝丝一向百依百顺，也附和道："四法郎！这可是钱啊，太太。"

接着，她又补充说道：“要是给可怜的皮埃罗扔吃的东西，不让它饿不行吗？”

勒费弗尔太太满心欢喜地同意了。于是，两个女人带上一大块黄油面包，又去那个矿井。

她们把面包切成小块，一块一块丢下去，还轮流跟皮埃罗说话。那小狗吃完一块，就立刻汪汪叫，又讨下一块。

傍晚她们又来了。第二天照旧，后来天天如此，只不过每天只跑一趟了。

不料有一天早晨，她们要投下头一块面包时，忽然听见井下一声巨吼。里面有两条狗了！又有一条狗被丢进矿井，还是条大狗！

萝丝呼唤一声：“皮埃罗！”皮埃罗就汪汪答应。这样，她们就开始往下投食物，然而每扔下一块，就清晰地听见井下激烈的抢夺声，接着又听见皮埃罗被同伴咬疼的哀号。另一条狗强壮，就全抢着吃了。

她们再怎么声明：“这是给你的，皮埃罗！”也毫不顶用。显然皮埃罗一口也没有吃到。

两个女人面面相觑，没了主张。勒费弗尔太太口气尖刻地说道：“所有丢进井里的狗，总不能全由我来喂养吧。只好放弃不管了。”

她一想到井下所有的狗，全要靠她花钱养活，心口就堵得慌，于是扬长而去，连剩下的面包也带走了，并且边走边吃起来。

萝丝一边跟在主人身后，一边用蓝围裙的一角擦拭眼泪。

两个朋友

巴黎这座围城，在饥饿中痛苦呻吟，连房顶的麻雀都难得见到，而阴沟里的鼠类也日渐稀少。居民已经无所不食了。

正值一月份，一天里晴朗的早晨，莫里索先生双手插在军裤兜里，沿着外环大马路遛弯儿。他饥肠辘辘，满面愁容。他是个钟表匠，时逢战乱，只好闲散在家。他正走着，忽然停下脚步，迎面碰见他认做朋友的一个同道，正是索瓦日先生，是他在河边钓鱼结识的一个人。

战前每逢星期日，莫里索天刚亮就出发，拿上钓鱼竿，背起白铁罐子，先搭乘开往阿尔让特伊的火车，在鸽子棚下车，再步行到竹竿岛。这是他魂牵梦绕的地方，一到这岛上就开始垂钓，直到天黑才收竿。

他每星期天，在钓鱼的地方总能碰见索瓦日先生。此公身材又矮又胖，性情开朗，是洛蕾特圣母街一家服饰用品店的老板，同样也是个钓鱼迷。他们时常并排坐在水流上方，手握着钓竿，双腿在水面上悠荡，度过大半天时间，久而久之，两个人也就成了好朋友。

有时候，他们整天也不开口说话，有时候也聊聊天。而且，他们趣味相投，感受也相同，不用说什么，彼此就能心领神会，达到高度的默契。

如果是春天的上午，约莫十点钟的光景，焕发青春的阳光，抚弄着在平静的水面上随波流动的轻雾，也照拂两个老钓鱼迷，将新春的暖意洒在他们后背。莫里索有时就对身边的人说："嘿！好舒服啊！"索瓦日先生便回应一句："我看没有比这更舒服的了。"这么简单一说一应，二人就心照不宣，彼此会意了。

如果在秋天，到了暮晚时分，太阳西沉，满天血红的云霞，投射到河水中，彤云霞影染红了长河，也点燃了远天，仿佛将两个朋友置于火中，烧得遍体通红，也给瑟瑟感到冬意而叶子枯黄的树木，镀上了一层金黄色。置身于这样的景色中，索瓦日先生面带微笑，注视着莫里索，说了一句："景色多美呀！"莫里索也惊叹不已，但是眼睛始终盯着鱼漂，回答道："这比林荫大道的景色还美，对吧？"

且说这次相遇，他们相互一认出对方，就特别用力握手，在这种动荡的战乱中重逢，真是百感交集。索瓦日先生叹息一声，咕哝道：“真是兵荒马乱啊！”莫里索十分沮丧，哀叹道：“什么年月啊！新年以来，今天还是头一个好天儿！”

天空的确一片湛蓝，阳光明媚。

他们开始并排散步，二人都心事重重，愁眉不展。莫里索又说道：“钓鱼了吗？唉！多美好的回忆啊！”

索瓦日先生便问道：“咱们什么时候再去那里啊？”

他们走进一家小咖啡馆，一起喝了杯苦艾酒，出来之后，又开始漫步在人行道上。

莫里索猛然站住，问道：“再去喝一杯，好吗？”

索瓦日先生便附和一声：“听您的。”

于是，他们又走进另一家酒馆。

他们再次从酒馆出来的时候，就醉意醺醺，晕头转向了，空腹灌一肚子酒的人往往如此。风和日丽，暖暖的轻风拂弄他们的面颊。

煦风这么一吹，索瓦日先生就完全醉了，他停下脚步，说道：“咱们就去怎么样？”

“去哪儿呀？”

“当然是去钓鱼啦。”

“去哪儿钓鱼？”

“就是去咱们那个岛子呗。法国部队的前哨阵地，正好在鸽子棚附近。我认识杜穆兰上校，说一声就会放我们过去。”

莫里索钓鱼的瘾上来，喜得浑身抖动，说道：“一言为定。我准去。”

二人就此分手，各自回家取钓具了。

过了一小时，他们便肩并肩走在大路上，不久便抵达那位上校驻守的别墅。上校听了他们的请求，便微微一笑，同意给他们突发奇想的念头提供方便。他们拿到通行证，重又上路了。

不大工夫，他们就通过了前哨阵地，穿过寂无一人的鸽子棚，来到塞纳河斜岸上几小片葡萄园的边缘。这时约莫十一点钟了。

对面的阿尔让特伊村，看样子一片死寂。奥尔日蒙和萨努瓦两座高冈俯瞰着这一带地方。一直延展到南代尔的大片平原，也是空空荡荡的，只有兀立的光秃秃的樱桃树，以及灰突突的土地。

索瓦日先生抬手指了指高冈，咕哝道：“普鲁士兵就在那上面！”面对这样荒无人烟的地方，两个朋友不由得惶恐不安，腿都发软了。

“普鲁士兵！”他们还从未见过，然而几个月以来，感到他们近在咫尺，就在巴黎周围，正在毁掉法国，烧杀抢掠，无恶不作，虽然看不到，却是无比强大。他们对这样一个陌生的、战胜的民族，除了心怀仇恨，还产生了一种近乎迷信的恐惧。

莫里索结结巴巴地说道：“嗯？万一碰上他们该怎么

办啊？”

索瓦日先生不愧是巴黎人，什么时候都不忘调侃，他接口答道：“那咱们就请他们吃炸鱼。”

嘴上虽这么硬，真要贸然闯入这片旷野，他们还的确犯踌躇，周围一片死寂，愈发觉得心里发虚。

最后，还是索瓦日下定决心：“走，上路！多加小心就是了。”

于是，他们眼观六路，耳听八方，利用荆丛灌木作掩护，猫着腰，匍匐着走下岸坡的葡萄园。

要到河边，还必须穿过一长条光秃秃的地带。他们便跑步冲过去，一到河边就钻进干枯的芦苇丛里，身子蜷作一团。

莫里索还趴下去，耳朵贴着地面谛听。周围鸦雀无声，没有一点脚步声响。这里只有他们二人，两个人孤零零的，鬼影也再没有一个。

他们放下心来，便开始钓鱼。

对面荒废的竹竿岛正好是道屏障，对岸有人也看不见他们。岛上原有一家小饭馆，现在门户紧闭，看似废弃多年了。

索瓦日先生钓上来一条鱼，接着，莫里索也钓上来一条。就这样，他们隔一会儿便抬起钓竿，鱼弦的末端总有一条银光闪闪的小鱼活蹦乱跳。这么爱上钩，这次钓鱼简直神了。

一条网眼很密的网兜，浸在他们脚下的水中，钓上来鱼就小心翼翼地放进去。一种妙不可言的喜悦沁人心脾，这正是再次喜获被剥夺已久的乐趣时，才会有的一种开心。

明媚的阳光晒得他们肩膀暖融融的，他们不再注意倾听有什么动静，也不再想任何事情，只是一心钓鱼，将周围的世界安全置于脑后了。

突然，一声沉闷的巨响，仿佛发自地下，震得大地颤抖起来。又开始炮击了。

莫里索扭头望左侧，目光越过陡岸，看到远处瓦莱里昂山巨大侧影的额头，生出一团白色羽饰，那是大炮刚刚喷出的硝烟。

紧接着，又一股硝烟，从要塞的顶部喷出，过了片刻，才听见第二声炮响。

继而，炮击之声不断，山头不时呼出死亡的气息，吐出乳白色的烟雾，冉冉升上静谧的天空，在山头上方聚为一朵浮云。

索瓦日先生耸耸肩膀，说道："瞧，他们又开干了。"

莫里索正焦急地盯着一个劲往下扎的浮漂羽毛，却突然发火了，平时性情多么温和的一个人，这时怒斥起那些相互厮杀的疯子，他恨恨地说道："这样相互残杀，人会愚蠢到这份儿上！"

索瓦日先生也附和一句："比禽兽还不如。"

正说着，莫里索钓上一条欧鲌，他也朗声说道："真不像话，只要存在政府，天下就永远这样，不会太平。”

索瓦日先生则截口说道：“共和政府，就绝不会发动战争。”

莫里索也打断他的话：“如果是国王当政，那就发动国外战争；如果是共和政府，那就会打内战了。”

两个人心平气和，就这样讨论起来，那种通情达理的态度，也是性情温和而见识有限的人所共有的。他们讨论到最后，便达成这种共识——世人永远也不可能自由。瓦莱里昂山上还不断发炮，炸毁法国人的房舍，炸得多少人血肉横飞，让多少生灵涂炭，粉碎了多少梦想、多少期待的欢乐、多少渴望的幸福，同时也给远方，给其他的国家，在多少女人的心上、多少姑娘的心上、多少母亲的心上，打开了永不枯竭的痛苦源泉。

“这就是生活。”索瓦日先生感叹道。

“不如说这就是死亡。”莫里索笑着接口道。

忽然，他们浑身惊悸，明显感到有人从身后走来。他们回头望去，果然看见四个人，不，是四个全副武装、满脸胡须的大汉，他们身穿着军服，活似穿着号衣的仆人，头戴平顶的军帽，一个个举着枪正对着两个朋友。

两根钓竿从他们手中失落，顺水漂流而去。

几秒钟的工夫，他们就被抓住，捆绑起来，押走，扔上一条小船，运到对面的岛上。

在那座他们以为废弃的房子后面，他们发现有二十来名德国兵。

一个浑身多毛的彪形大汉，骑着一把椅子，叼着一根大号的瓷烟斗，用流利的法语问他们：“怎么样，两位先生，你们钓了不少鱼吧？”

那满满一网兜鱼，一名士兵倒特意拎来了，这时他把网兜放到军官的脚下。那普鲁士军官微笑道：“嘿！嘿！看来收获还真不小啊。不过，咱们要谈谈别的事儿。你们不要心慌，给我仔细听着。

“在我看来，你们就是两个间谍，被派来窥探我军的情况。我逮住你们了，可以马上枪毙。你们假装钓鱼，以便更好地掩饰你们的行动计划。现在，落到我的手里了，算你们倒霉，这是战争嘛。

“你们既然通过前哨阵地出来，就一定知道口令才能回去。把这口令告诉我，我就饶你们不死。”

两个朋友并排站着，一声也不吭，他们吓得面无人色，两只手紧张得微微颤抖。

普鲁士军官又说道：“这事儿永远也没人知道，你们可以安安心心地回去，这个秘密也就随之消失了。如果你们拒绝，那就是死路一条，而且要被立即处死。要死要活，你们自己选择吧。”

两个朋友站在那儿不动，也不开口说话。

普鲁士军官一直很平静，他伸手指着河水，又说道："想一想吧，再过五分钟，你们可就葬身水底了。只过五分钟！想必你们都有亲人吧？"

瓦莱里昂山上炮声隆隆，一直未断。

两个钓鱼的朋友站在那里，仍然一言不发。普鲁士军官用母语下达命令。接着，他挪开椅子，要离两个俘虏远一点儿。十二名士兵走到二十步远的地方，持枪立定站住。

"我再给你们一分钟时间，"军官又说道，"多一两秒钟也不行。"

说罢，他霍地站起来，走到两个法国人跟前，抓住莫里索的胳膊，把他拉到一旁，低声对他说："快说，口令是什么？您的伙伴绝不会知道这事儿，我就装作不忍心才把你们放走。"

莫里索什么也不回答。

于是，普鲁士军官又去拉索瓦日先生，向他提出同样的问题。

索瓦日同样只字不答。

两个朋友重又并肩站到一起。

普鲁士军官一声令下，士兵们同时举起枪。

这时，莫里索的目光垂下去，碰巧瞥见撂在几步远之外的草地上的那只装满鱼的网兜。

那堆鱼头尾还在摆动，在阳光下熠熠闪光。他不由得一阵心酸，控制不住地热泪盈眶。

他结结巴巴地说道：“永别了，索瓦日先生。”

索瓦日先生也回答说：“永别了，莫里索先生。”

两个朋友握了握手，他们从头到脚，不由自主地颤抖。

军官喊了一声：“开枪！”

十二杆火枪子弹齐射。

索瓦日先生面孔冲下，一下子扑倒在地。莫里索个头儿大些，身子晃了两晃，原地扭转，这才仰面朝天，横着跌倒在他伙伴的身上，鲜血从制服胸前的弹洞汩汩冒出来。

那个德国军官又下了几道命令。

他手下的士兵立刻分头行动，找来绳索和石头，他们将石头系到两个死者的脚上，再连人带石头抬到河边。

瓦莱里昂山隆隆的炮声响个不停，现在硝烟已经笼罩住整个山顶。

两名士兵分别抓住脑袋和腿，将莫里索抬起来，另两名士兵则抬起索瓦日，他们用力荡了几下，再往远处一抛。于是，两具尸体在半空划出弧线，然后直立着沉入河水中，只因是石头坠着脚先下沉的。

河水四溅，翻腾荡漾了一阵，又逐渐恢复平静，只有微波细浪一直传到岸边。

水面上还漂浮着一点血迹。

那名军官神态始终那么安详，这时低声说了一句：“现在该轮到处理这些鱼了。”

他说着，就朝那座房子走去。

那一网兜鱼还撂在草地上，他一眼就看到，一伸手拎起来，仔细瞧了瞧，不禁微微一笑，嚷道：“威廉！”

一名扎着白围裙的士兵跑过来。普鲁士军官便将被枪杀的两个人钓的鱼扔给他，吩咐道：“趁这鱼还活着，你马上去给我煎了。味道一定非常鲜美。”

说罢，他又抽起了烟斗。

项　链

有些女孩子生来花容玉貌，秀色可餐，只可惜命运舛错，偏偏生于小职员家庭。本故事讲的就是这样一个女子。她没有嫁妆做筹码，也无望继承到遗产，因此根本没有机会去结识有钱有地位的男子，得到人家的赏识和爱悦，并娶她为妻。高不成只好低就，随便听从家里安排，嫁给了国民教育部的一个小职员。

既然没钱装饰打扮自己，穿戴也就很朴素，但是她像沦落之人那样，总不免黯然神伤。须知女人根本就没有什么社会等级，也没有什么种族类别，她们的姿色、她们的风韵、她们的魅力，就用以标志她们的出身和门第。她们高低贵贱，完全取决于她们是否天资聪颖，生性风雅，以及秀外慧中，普通人家的女儿有了这些资质，就能与最显贵的妇人分庭抗礼了。

她感到所有这些天资丽质与生俱来，本该享尽人间的富贵荣华，结果却受苦受穷，房子简陋，家徒四壁，桌椅破旧不堪，窗帘也不堪入目。家中的这一切，换了另外一个同阶层的女人，甚至都毫不理会，而她却终日身受煎熬，心中郁结了怨愤闷气。有个矮小的布列塔尼女人来干简单的家务活，她一见了，就不免唤起怅怅的遗憾和狂热的梦想。她想入非非，幻见自家的候见厅寂静肃穆，四壁镶着东方的壁毯，由高大的青铜枝形烛台照得通明透亮，还有两名身材魁伟、穿着制服短裤的仆人，半躺在宽大的安乐椅上，在暖气的闷热中昏昏欲睡。她还幻见自家的大客厅，装饰的绸缎古色古香，家具十分精致，上面摆着古董珍玩；小客厅则尤为雅致，芳香宜人，特别适合午后五点钟聊天，接待最亲密的朋友，最知名的人士，即所有女子都追慕并渴望其青睐的名流。

每当吃晚饭时，她坐到三天未换桌布的圆桌前，而坐在对面的丈夫打开汤盆盖，乐不可支地说道："哈！多么美味的炖火锅！天下没有比这更好吃的东西了……"每当这时，她就幻想起精美的宴席，幻想起亮晶晶的银餐具和镶在墙上的壁毯——上面的图案有古代人物和仙境密林中的奇鸟；她幻想起用华丽的餐盘端上的美味佳肴，自己一边品尝粉红的鳟鱼肉或者松鸡翅，一边面带神秘的微笑，倾听着耳畔喃喃的情话。

她没有漂亮的衣裙，也没有珠宝首饰，总之一无所有，而她所喜爱的，偏偏只是这些东西，感到自己是为这些东西而生的。她最大的渴望，就是讨人喜欢，令人艳羡，自己风情万种，引来众多追求者。

她有一位有钱的女友，是她在修女院寄宿学校读书时的同窗。她再也不愿意去看人家了，因为每次回来，心里都痛苦万分，一连几天都那么伤心、懊恼，悲痛欲绝，流泪不止。

且说一天傍晚，丈夫下班回家，一副得意扬扬的样子，手里拿着一个大信封。

“瞧！”他说道，“这是给你的东西。”

她急忙拆开信封，取出一份请柬，只见上面印着：

卢瓦泽尔先生偕夫人：

兹定于一月十八日，星期一，在本部大楼举行晚会，敬请光临。

国民教育部长乔治·朗波诺暨夫人

出乎丈夫所料，她非但没有欣喜若狂，反而赌气将请柬往桌子上一丢，嘴里咕哝道：“你要我拿这个当什么用？”

“真的，亲爱的，我还以为你会高兴呢。你从不出门，这次是个机会，多好的机会！不知费了多少力，我才弄到这张请柬。人人都争着抢着要，特别难弄到，发给部里职员的不多。到了晚会，那些当官的你全能见到。”

她怒目而视，瞪着丈夫，颇不耐烦地嚷道：“你要我去，穿什么衣裳啊？”

他还真没有想这茬儿，不禁讷讷说道：“你穿着去看戏的那条衣裙，我看就很好了……”

他见妻子哭了，一时愕然，不知该怎么办，便不讲话了，愣愣地看着两大滴眼泪从妻子眼角缓缓流到嘴角，他终于结结巴巴地说道：“你这是怎么啦？你这是怎么啦？”

不过，她强打精神，压下难过的心情，擦了擦两颊的泪痕，语气平静地回答：“没什么。我只不过是没有像样的衣裳，也就不能去参加这个晚会了。哪个同事的太太比我的行头好，你就把请柬给人家吧。”

丈夫不免沮丧，便又说道：“喏，玛蒂尔德，说说看，一件合适的衣裙，别的场合也能穿出去，最最普通的，大约要花多少钱？”

她考虑了一会儿，心里计算数目，也细想能提多少数，才不会吓着这个节俭的小科员，“哎呀”一声当场拒绝。

终于，她犹犹豫豫地回答：“我也说不很准，但是我觉得，有四百法郎，就能应付了。”

他的脸微微变色，因为，他刚好积攒了这样一笔钱，准备买一支枪，也去打打猎。到了夏季，可以同几位朋友去南泰尔平原，他们星期天，总是去那里打云雀。

不过，他还是松口了：“好吧，我给你四百法郎。你可要想法儿买一件漂亮的衣裙。”

举行晚会的日子临近了，卢瓦泽尔太太又显得神情怅惘，一副心神不宁的样子。按说，衣裙已经买好了。一天晚上，丈夫便问她：“你怎么啦？瞧你这两三天，样子怎么怪怪的。”

于是她答道：“我一件金银首饰、一件珠宝也没有，没有一样能佩戴的，真是烦死人了。出去还不是一副寒酸相。这个晚会，我最好还是不去了。”

丈夫接口道：“你就戴几朵鲜花呀。这个季节，戴花显得非常俊俏。花上十法郎，就能买两三朵艳丽的玫瑰。”

她哪里听得进去：“不行……一副穷酸相，到那些有钱的女人中间，再没有那么丢人的了。”

丈夫忽然嚷道：“你也太笨了！去找你那朋友弗雷斯杰太太，就求她借给你几样首饰嘛。你同她的关系还不错，这个忙总会帮的。”

妻子也惊喜地叫了一声：“真的，我怎么一点儿也没有想到！”

第二天，她就跑到朋友家中，向人家讲了这件苦恼事。

弗雷斯杰太太立刻走到镶镜子的大衣柜前，取出一只很大的首饰盒，拿过来打开，对卢瓦泽尔太太说道：“你自己挑吧，我亲爱的。”

她最先看到几只手镯，又看到一串珍珠项链，还有一支镶有宝石、威尼斯制的金十字架，做工精致极了。她对着镜子，试戴这些首饰，一时难以取舍，不愿意摘下来还回去，还一个劲儿问道:“你再没有别的首饰啦？”

“有哇。你自己挑吧。我也不知道你喜欢什么。”

她忽然发现，一个黑缎盒子里有一条钻石项链，简直太华丽了。她的心狂跳起来，产生了无法抑制的渴望。她双手颤抖着，拿起这串项链，戴到脖子上，露在连衣裙的领子外面，对着镜子，自己都看呆了。

接着，她深恐人家不借，说话不免吞吞吐吐，问道:“这一件，只要这一件，你能借给我吗？”

“行啊，当然可以了。”

她喜出望外，扑上去，一把搂住女友的脖子，亲了一口，然后带着这件宝物，飞也似的离开了。

举行晚会这天到了。卢瓦泽尔太太出尽了风头。在晚会上，她风姿绰约、优雅妙丽、笑容粲然，比所有女子都漂亮，简直乐得发疯。所有男人眼睛都盯着她，询问她的姓名，寻求引见。部长办公室的所有专员都希望邀她共舞。就连部长也格外注意到她了。

她翩翩起舞，如醉如痴，什么也不想了，完全沉浸在欢乐之中，沉浸在她的美色所赢得的胜利之中，沉浸在她一鸣惊人的风光之中，全身飘飘然，如云中漫步，这种幸福感囊括了所有这些敬慕、所有这些赞美、所有这些被唤醒的欲望，这是女人心中最完全、最甜美的胜利。

直到凌晨四点钟，她才离开。她丈夫倒好，从半夜起，就躲进一间僻静的小客厅睡上觉了。躲进小客厅里睡觉的还有三位先生，他们的妻子也同样在尽情欢乐。

丈夫怕她上街着凉，带来了她平常穿的一件外套，给她披在肩上。然而，她感到这件外套太寒酸，同她华丽的舞会装束反差太大，就要赶紧逃开，不想让那些身穿皮袄的阔太太们看到。

卢瓦泽尔一把拉住她："等一等呀。出去你要着凉。等我去叫一辆马车来。"

可是，她根本不听，飞快地跑下楼梯。他们来到街上，却叫不到马车，便开始寻找，望见远处有马车驶过，就追上去吆喝。

他们气急败坏，又冻得瑟瑟发抖，往塞纳河边走下去，终于在河滨路上找到一辆旧马车。这类马车只是夜晚出来兜生意，就好像自觉破烂不堪，不好意思光天化日之下出现在巴黎街头。

马车驶入殉道者街，一直到他们的家门口。他们无情无绪，上楼回到自己的家。对她来说，这一切都结束了。而丈夫想的却是，明天十点钟，他必须到部里上班。

妻子对着镜子，脱下裹住肩头的衣服，以便最后一次看看自己的盛装容光。突然她惊叫一声："脖颈上的钻石项链不见啦！"

她丈夫衣服刚脱了一半，急忙问道：“你怎么啦？”

她惊慌失措，转向丈夫：“我……我……我把弗雷斯杰太太的钻石项链弄丢了！”

丈夫腾地站起来，一下子蒙了头：“什么！……怎么回事儿！……这不可能啊！”

于是他们寻找，抖搂衣裙的所有皱褶、外衣的皱褶，翻遍所有衣兜，连项链的影儿也没找见。

丈夫问道：“离开舞会的时候，你能肯定项链还在吗？”

“在呀，走到部里的前厅，我还摸过它呢。”

“可是，如果掉在街上，总有响声，咱们会听见的。一定是掉在车上了。”

“对，有可能。车牌号你记住了吗？”

“没有。你呢？你看车牌号了吗？”

“没有。”

两个人面如土色，彼此干瞪眼瞧着。卢瓦泽尔终于又穿好衣服，说道：“咱们刚才步行，走了一大段路，我再原路找一遍，看看能不能找到。”

丈夫说罢，就出门去了。而她呢，身上仍然穿着参加舞会的衣裙，连上床睡觉的气力都没有了，只是瘫坐在椅子上，一时万念俱灰，脑子一片空白了。

将近七点钟，丈夫空手而归。

随后，他又去警察局、各家报馆，登载寻物并许诺厚报，还去小马车出租行，总之，只要有一线希望，他就跑去寻找。

妻子终日在家等候消息，面对这种飞来的横祸，她一直六神无主，不知所措。

卢瓦泽尔晚上回家，还是一无所获，他面无血色，两颊都深陷下去了。

“现在，”他说道，“只好给你朋友写信了，就说钻石项链的搭扣碰坏了，要拿去修理。这样，咱们好争取时间寻找。”

丈夫一句句口授，她把信写好。

一周寻找下来，他们彻底丧失希望了。

一周工夫，卢瓦泽尔老了五岁，他明确说道：“这件首饰丢了，只好另买一件顶替了。”

第二天，他们拿上装项链的盒子，按照盒里标明的字号，找到那家珠宝店。老板查了查账簿，回答说：“这条钻石项链，不是从本店买的，大概只是在本店配了首饰盒。”

于是，他们又一家一家跑珠宝店，凭着记忆寻找一条类似的项链。夫妇二人又伤心，又着急上火，眼看全要病倒了。

在故宫街一带的一家珠宝店中，他们终于发现一条钻石项链，还挺像丢失的那一条，标价四万法郎，如果诚心买，价钱可以让到三万六千法郎。

他们请求店主给他们保留三天，不要卖给别人，双方还谈妥，假如二月底之前，他们找到丢失的钻石项链，那么店主愿意以三万四千法郎的折价回收这一条。

卢瓦泽尔已有父亲留给他的一点遗产，总共一万八千法郎，还差的钱只好东挪西借了。

他们立刻到处借钱，东家借一千，西家挪五百，从这人手中拿五枚路易金币，从那人手中取三枚，借条不知打了多少，承诺还款的条件，足可以倾家荡产，而且还去找放高利贷者以及形形色色的放债人，把自己的后半生全押进去了，也不管将来能否还得起，就冒险签了那些借据。在这期间，他万分忧虑未来的日子，忧虑即将陷入的极度贫困，要受物资匮乏和精神痛苦的双重熬煎。他就是怀着这种种忧惧和惶恐，终于凑齐了三万六千法郎，去珠宝店买了那条新项链。

卢瓦泽尔太太送还女友项链时，弗雷斯杰太太颇不高兴，说道:“你应该想着早点儿还回来，我也可能要戴呢。”

好在她没有打开首饰盒，这才让卢瓦泽尔太太放下心来。假如人家看出不是原来那条，那么女友会怎么想，怎么说呢？没准儿要把自己当成贼看了呢。

生活骤变，卢瓦泽尔太太开始过上穷人的辛酸日子。不过，她既已下了决心，就有勇气面对。巨额债务必须偿还，她也必须付出代价。他们辞退了女佣，还搬了家，租了一间阁楼。

家务粗活脏活她一人承担了，要洗刷油乎乎的锅碗盆碟，粉红的指甲很快磨损了。内衣、内裤脏了，衬衣以及抹布脏了，她都得用肥皂搓洗，然后搭一根绳子上晾干。每天早晨，她要下楼倒垃圾，再往楼上提水，每上一层楼都得停脚喘口气。她一身穿戴，同普通百姓的家庭妇女毫无二致了。她挎着篮子，要跑水果店、食品杂货店，要跑肉店，坚决捍卫自己可怜的钱包，一个子儿一个子儿同人家讨价还价，不免时常招来辱骂。

每个月，他们都得偿还几笔债务，有一些借据还要续签，求得人家宽限时日。

丈夫每天下班，还去给一个商人誊写账目，夜里也时常给人抄抄写写，只为抄一页挣五苏钱。

这样的苦日子，他们过了十年。

十年过去，他们终于还清了所有债务，的确全部偿清，包括高利贷的利息，以及利滚利的利息。

卢瓦泽尔太太现在明显见老了，变成了穷人家的女人，又强壮，又泼辣，又粗鲁。她的头发乱糟糟的，裙子歪系着，双手红红的，说话也粗声大气，用大量的水冲刷地板。不过，在丈夫去部里上班的时候，也有那么几次，她坐到窗口，忽然想起当年那场舞会，想起她在舞会上有多么漂亮，让多少人瞩目倾倒。

假如没有丢失那条项链，她的命运又该如何呢？谁知道呢？谁知道呢？生活就是变幻莫测啊！区区一件小事，就足以断送你的一生，或者救你脱离绝境。

且说一个星期天，她到香榭丽舍大街闲逛，以便消除一周的劳累。猛然间，她瞧见一位太太带着小孩在散步，那正是弗雷斯杰太太，看上去依然那么年轻、那么漂亮、那么迷人。

卢瓦泽尔太太心里十分激动。要不要上前同当年的女友搭话呢？当然要。现在，全部债务既已还清，她就可以把这一切告诉人家了。为什么不讲一讲呢？

她走上前去。

“雅娜，您好！”

对方根本没有认出她来，她见一个普通女人竟这么亲热地同她打招呼，不免深感诧异，便结结巴巴地答道：“可是……太太……我不知道……您大概是认错人了。”

“没有认错。我就是玛蒂尔德·卢瓦泽尔呀！”

当年的女友惊叫起来：“哎呀……我可怜的玛蒂尔德，你怎么变得这么厉害！……”

“是啊，我这么多年没见到你，日子过得真艰难啊，多少困苦磨难……而这一切，都是因为你！……”

“因为我……究竟怎么回事儿？”

“你还记得我去参加部里晚会，向你借的那条钻石项链吧？”

“记得，那又怎么样？”

“怎么样，让我弄丢了。”

“怎么可能！你不是已经还给我了吗？”

“还的是另外一条，式样完全相同。为了这条项链，我们还了十年的欠债。你也明白，这不容易，我们本来就没有一点积蓄……现在好了，这事儿终于了结了，我真是高兴得要命。”

弗雷斯杰太太已经停下脚步，这时问道：“你是说，你买了一条钻石项链，顶替我那条吗？”

“对。你还一直没有发觉，对吧？两条项链非常相像。”

她这么说着，脸上泛起笑容，显得又骄傲又天真。

弗雷斯杰太太异常激动，她抓住女友的双手，说道：“噢！我可怜的玛蒂尔德！你哪儿知道，我那一条是假钻石的呀，最多值五百法郎！……”

我的叔叔于勒

——献给阿奇尔·贝努维尔先生

一个白胡子穷老头，来求我们施舍，我的伙伴约瑟夫·达弗朗什居然给了他一百苏的银币。我不免惊诧，他便向我解释说："看到这个可怜的人，我就想起一段往事，那段往事时时萦绕在我的心头，现在讲给你听听吧。"

我的家原籍是勒阿弗尔，家境并不富裕，只能勉强维持生活。家父有一份工作，下班回家很晚，薪水却不高。子女除了我，还有两个姐姐。

生活这样拮据，家母十分气恼，对丈夫说话时常尖酸刻薄，含沙射影地损人。碰到这种情况，我那可怜的父亲总有一个令我难过的习惯动作——他张开巴掌，抹一把额头，仿佛要抹掉一滴并不实存的汗水，但是根本不应声。我能感到他既痛苦又无可奈何的心情。家里生活无处不节俭，从不接受人家请吃饭，以免回请，吃穿用品，也一向买清仓大降价的东西。两个姐姐身上穿的，要由她们自己动手做，买十五生丁[①]一米的饰带，她们也要讨价还价好半天。每天的饭食，总是肥油汤和烧牛肉，仅仅变换调味汁。据说，肥油汤和牛肉富有营养，有益健康，然而我还是愿意换样吃吃。我的衣服掉了扣子，裤子扯了口子，不挨一顿痛打，也要挨一顿臭骂。

不过，每逢星期天，我们全家都穿得像模像样，到防波堤上去散步。父亲身穿礼服，头戴礼帽，还戴着手套，让我母亲挽着手臂；母亲则打扮得花枝招展，活似节庆时挂满彩旗的轮船。我那两个姐姐总是最先穿戴好了，只等一声令下就出发。然而，就在要出发的当儿，总会发现一家之主的礼服上还有一个脏点，于是又一阵忙乱，赶紧用布头蘸汽油把脏点擦掉。

父亲仍然戴着大礼帽，衬衣袖子露在外面，等着擦洗完礼服。母亲则手忙脚乱，要戴上近视眼镜，怕弄脏了手套还得脱下来。

一家人终于庄严郑重地上路了。我那两个姐姐挽着手臂，走在前头。她们都到了出嫁的年龄，自然要让她们向全城炫耀姿色。我和父亲一左一右，走在母亲的两侧。至今我还记忆犹新，在星期天那种例行的散步中，我那可怜的父母神态特别拘

① 生丁：法国辅币，一百生丁合一法郎。

板，举止特别凝重，腰身直挺挺的，双腿直绷绷的，步伐庄严地向前行进，就好像他们的仪态会决定一件极其重大事情的成败。

每逢星期天，只要看见巨轮从陌生的远方国度返航进港，父亲总要一成不变地发出同样的感叹：“嘿！如果于勒在那船上，那多叫人惊喜啊！”

我的叔叔于勒，父亲的同胞兄弟，从前是全家的祸星，后来却成了全家唯一的希望。从小我就总听家里人谈论他，都听得烂熟了，就觉得见面时，准能一眼认出他来。他动身去美洲之前的那段生活，我也了如指掌，尽管家里人一提起他那段生活的表现，总要压低了嗓门儿。

据说，他早先不务正业，换句话说，他挥霍掉了一些钱财，这在穷人家里可罪莫大焉。如果是有钱人家，一个人吃喝玩乐，就只说“干蠢事”而已，只会被人笑称“花花公子”。然而，在生活穷苦的家庭里，一个小伙子胡闹，逼父母拿出了全部家当，那就成了败家子，成了无赖，成了混账东西。

虽是同样败家，但应区别对待，因为，只有后果才能确定行为的严重性。

总而言之，于勒叔叔挥霍光自己应得的遗产，还毁掉一大部分我父亲指望的份额。

按照当时惩罚的惯例，他被送上一艘去美洲的商船，离开勒阿弗尔去纽约了。

我的叔叔于勒一到美洲，就做起了生意，不知道经营什么，而且过了不久，他就写信告诉家里，他已经赚了一点儿钱，并希望日后能弥补给我父亲造成的损失。这封信让全家人都激动万分。于勒，这个被大家说成毫无用处的废物，突然变成了一个正派人、有良心的人、达弗朗什家一个真正的成员，同达弗朗什家所有人一样诚实可信。

此外，一位船长还告诉我，于勒租下了一个大店铺，生意做大了。

两年之后，他在第二封信上告诉我们:

“我亲爱的菲利浦，写此信为报平安，我的身体健康，你不必挂念。生意也很顺利。明天我动身去南美洲，此行时间会很长，或许数年不能通音信。如果我未能写信给家里，你也不必担心。一旦做生意发了财，我就返回勒阿弗尔。但愿为期不会太久，我们就能欢聚一堂，过上幸福生活……”

他这封信成了全家的福音书。我们一有机会就拿出来念念，一来人就拿出来展示展示。

果然，有十年时间，于勒叔叔没有再给家里写信了。但是我父亲的希望，随着岁月的流逝却反而与日俱增。我母亲也经常这么讲：“等我们的好于勒一回来，家里的状况就会大大改观。这一家子，总算出息了一个人！”

我父亲也一样，每逢星期天，一望见远洋驶来的巨轮，在半空留下长龙似的黑烟，他总不忘重复他那句老话：“嘿！如果于勒在那船上，那多叫人惊喜啊！”

而我们几乎以为随时都可以看到他挥动手帕，喊道：“哎哎！菲利浦！”

他必定满载而归，并且因有了这种指望，家里不知作了多少打算，甚至准备用于勒叔叔的钱，在安古维尔一带买一处乡居。我不敢说就这件事，我父亲没有同人洽谈过。

大姐已经二十八岁了，二姐也只小两岁，都还没有嫁出去，这是全家人的一大愁心事。

终于有人来向二姐求婚了。对方是个公务员，家庭并不富有，但是人还算体面。我始终确信这样一点：那个年轻人最终决定向二姐求婚，也是因为有一天晚上，我们给他看了于勒叔叔的那封信。

我们家自然赶紧允婚，还决定婚礼之后，全家人去泽西岛旅游一趟。

泽西岛是穷人的旅游胜地。旅途并不远，乘坐轮船渡海，就算出国旅游了，因为那小岛隶属英国。因此，一个法国人，只要在海上航行两小时，就能到当地看邻邦的人民，研究那个挂满英国国旗的小岛上的风土人情。不过，有些人则直言不讳，说岛上的民风实在粗鄙得很。

去泽西岛旅游，成为我们关注的大事，成为我们唯一的期待，成为我们每时每刻的梦想。

终于盼来了启程的一天。回想起来，还像昨天刚发生的事情。在格朗维尔码头，汽轮生火待发。我父亲神色惶惶，紧紧盯着我们的三件行李装上船。母亲也惴惴不安，紧紧抓住我那未出嫁的大姐的胳膊。自从二姐结婚之后，大姐便失魂落魄，如同一窝鸡只剩下一只那样。新婚夫妇走在我们后边，他们总要落得很远，害得我经常回头去看。

轮船拉响了汽笛。我们全上了船，只见轮船离开堤坝，驶向外海，当时风平浪静，海面犹如绿色大理石桌面。我们望着远逝的海岸，又欣喜又得意，很少出门旅行的人莫不如此。

父亲礼服上的污渍，当天早晨就仔细擦拭掉了，现在他穿在身上，抚着肚子神气活现，但是还在向周围散发汽油味。这种气味标志出门的日子，我一闻到就知道是星期天了。

忽然，他瞧见两位漂亮的夫人，有两位先生递给她们牡蛎吃。一名衣衫褴褛的老水手正用小刀，撬开一只只牡蛎，交给两位先生，再由他们传给两位夫人。那两位夫人用餐的姿势非常优雅，先用一块细布手帕托住牡蛎，嘴再微微向前探，免得弄脏了衣裙。接着，她们快速地轻轻一吮，再将空壳扔进海里。

这种在航行的船上吃牡蛎的别致行为，无疑深深吸引了我父亲。他觉得这很有格调，非常高雅，不同凡响，于是他走到我母亲和两个姐姐跟前，问道："我请你们吃牡蛎，好不好啊？"

母亲考虑花费，颇为犹豫。但是我两个姐姐都当即接受了。母亲快快不乐，说道："我怕吃了胃痛，只给孩子们吃吧，也别吃太多，你别让孩子吃出毛病。"

接着，她又向我转过身，补充一句："约瑟夫嘛，就不必去凑这个热闹了，绝不能把男孩子惯坏了。"

这样，我就不得不留在母亲身边，觉得她这种区别对待很不公道，但也只好目送父亲，只见他摆出庄重的样子，领着两个女儿和他女婿走向那破衣烂衫的老水手。

方才那两位夫人刚好离开，我父亲便指点我两个姐姐，如何吃牡蛎的鲜汁才不会流掉。他还拿起一只牡蛎作示范，模仿那两位夫人，不料当即出彩，把牡蛎的汁液全扣在了礼服上，于是我就听见母亲咕哝一句："他最好还是老老实实地待着。"

可是，父亲突然显得神色不安，他撤离几步，定睛看着簇拥在卖牡蛎老头儿周围的女儿女婿，接着，他猛地一掉头，朝我们走来。我见他脸色煞白，眼神也怪怪的。他过来悄声对母亲说："真不可思议，开牡蛎的那个人，太像于勒了。"

母亲惊呆了，问道：“哪个于勒？”

父亲回答：“就是……我那兄弟呀……假如我不知道他在美洲做生意正得意，我还真会以为是他了。”

母亲也慌了神儿，结结巴巴地说道：“你简直疯了！你既然知道那不是他，干吗还跑来讲这种蠢话？”

但是父亲仍坚持说道：“你不妨去瞧瞧，克拉丽丝，我还是愿意让你亲眼看看，亲自核实了。”

于是，母亲起身走到女儿跟前。这工夫，我也注视着那个人。那人又老，身上又脏，满脸皱纹，他目不斜视，只盯着自己手上的活儿。

我母亲回来了。我发觉她在发抖，只听她急促地说道：“我认为是他。你去问问船长。你可千万当心，别让这个无赖再来拖累咱们。”

父亲马上走了，我也跟了去，觉得自己心里异常激动。

船长是一位又瘦又高的先生，蓄留着长长的络腮胡，他正在甲板上散步，那副自命不凡的样子，真像是在指挥一艘巨轮开往印度。

我父亲恭恭敬敬地上前搭话，询问他的航海生涯，还随口讲些恭维话：“泽西岛有多大？岛上有哪些物产？有多少居民？风俗如何？习惯怎样？岛上是什么土质？”如此等等，不一而足。

二人这样交谈，旁听者会以为，他们至少是在谈论美国。

继而，又谈到我们乘坐的这艘船——“快船号”，以及船上的人员。我父亲声音发颤，终于问道：“贵船上有一个开牡蛎的老人，看样子挺有意思。那人的情况，您知道一些吗？”

这场谈话，终于让船长气恼了，他冷淡地回答：“这个老流浪汉是个法国人，是我去年在美洲见到的，并把他带回了国。他在勒阿弗尔好像还有亲人，但他欠他们的钱，不愿意回到他们身边。他名叫于勒……于勒·达尔芒什，或者达尔旺什，反正差不多。他在美洲那里，有一阵好像发了财，可是，您瞧见了，他现在落到了什么境地。”

我父亲的脸色变得灰白，眼神惶恐不安，嗓子眼儿哽咽，断断续续地说道：“唔！唔！非常好……很好啊……这我并不奇怪……非常感谢您，船长。”

说罢，他掉头就走了，而船长见他匆忙离开，不禁愕然，感到莫名其妙。

父亲回到母亲身边，脸上完全失态了，母亲见状，赶紧劝他：“你先坐下，别人会看出来的。”

父亲瘫坐到长椅上，讷讷说道：“是他，正是他！”

接着，他又问道：“咱们该怎么办啊？”

母亲急忙回答：“一定要让孩子们离远点儿。约瑟夫反正全知道了，就让他去把他们叫回来。千万当心，尤其不能让女婿了解一点儿情况。”

父亲似乎吓傻了，他讷讷说道：“真是倒血霉啦！”

母亲突然怒不可遏，接口说道：“我一直就不相信，这个骗子能成什么气候，觉得到头来还要依赖咱们！还能指望达弗朗什家的人会有什么出息？……”

父亲伸手抹了一把额头，他每次挨太太的指责，总要做这种动作。

母亲又补充道：“给约瑟夫点儿钱，赶紧让他付牡蛎的账。就差让那个乞丐认出咱们来了。一旦认出来，那么船上就有好戏看了。咱们到船那头去，免得那家伙靠近咱们！”

说罢她就站起身，他们给了我一百苏的银币，就走开了。

我两个姐姐正等着父亲，心里非常诧异。我就推说母亲有点儿晕船，然后又问那个开牡蛎的人：“该付给您多少钱，先生？”

当时，我多想叫他一声叔叔。

他回答道：“两法郎五十生丁。”

我给他一百苏的银币，他找给我零钱。

我注意看他的手，皱皱巴巴，是水手的一双可怜的手，再看他那张脸，凄苦衰朽，饱经风霜，是一张可怜的老人脸。我心中暗道：“这是我叔叔，我父亲的亲兄弟，我的叔叔啊！”

我给了他十苏小费。他向我道谢：“愿上帝保佑您，年轻的先生！”

他说这句话，带有穷人接受施舍时的那种腔调。我不免心想，他在美洲一定讨过饭！

两个姐姐见我出手这么大方，都惊愕地注视我。

我把剩下的两法郎交还给父亲时，母亲十分诧异，问道：“这要三法郎？……不可能啊！”

我口气坚定，朗声答道：“我给了他十苏小费。”

母亲吓了一跳，瞪眼看着我：“你疯啦！把十苏给了那家伙，给了那个无赖！”

可是，她戛然住声，只因父亲瞪了她一眼，示意有女婿在跟前。

接着，大家都不出声了。

这时，我们对面远方，出现一个紫色的形影，仿佛从海里冒出来，那便是泽西岛。

就在轮船驶近堤岸时，我忽然产生一种强烈的愿望：再去看一看我的叔叔于勒，要走到他面前，对他讲几句安慰的温情话。

然而，由于没人吃牡蛎了，他也就走了，一定是下到底舱，这个可怜的人就该住在那种恶臭的地方。

返程时，我们换乘圣马洛的航船，以免再碰到他。我母亲担心得要死。

从那以后，我再也没有见到我父亲的那个亲兄弟。

这就是为什么，你有时还会看到，我拿出一百苏的银币给流浪汉。

魔 椅

塞纳河在我家门前延展，没有一丝波澜，映照着清晨的阳光。这条美丽的河，岸宽水阔，流动平缓，宛若长长的白银的熔流，零星点缀着一些紫红色。河对岸大树成行，沿陡岸绵延不断，构成一道绿荫的长城。

每天都重新开始生活，重新开始充满情爱的、愉悦而清新的生活，这种感觉就在树叶间悸动，就在空气中震颤，就在水面上闪烁。

有人拿给我邮差刚送来的报纸，然后我去河边，信步走着看报。

我翻开第一份报，就看到这样醒目的标题：《自杀人数统计》，读后得知今年自杀人数已超过八千五百人。

我当即就看到了这些自杀者！我看到这种丑陋的、蓄意的杀戮，杀戮厌倦生活的绝望者。我看到一些人在流血，下颚骨破碎了，脑浆迸裂，胸膛被子弹打穿，看到他们孤苦伶仃，在旅馆的小房间里慢慢死去，不想自己的伤势，还一心想着自己的不幸。

我还看到另外一些人，喉管割开，或者开膛破肚了，手中还握着剃刀或菜刀。

我还看到一些人坐在那里，有的面对一只泡着火柴的玻璃杯，有的则面对一个贴着红标签的小瓶。

他们一动不动，直瞪瞪地看着眼前的东西，然后喝下去，然后等待，然后脸上的肌肉一阵抽搐，嘴唇痉挛起来。他们的眼睛惊恐万状，不知道生命结束之前要忍受这么多的痛苦。

他们站起身，停在原地，又跌倒了，双手捧腹，就感到全身器官火烧火燎，五脏六腑被喝下去的流质火焰吞噬，然后，意识才开始模糊了。

我看到另外一些人自缢而死，吊在墙上的大钉子上，吊在窗户的长插销上，吊在天棚的钩子上，吊在阁楼的梁木上，吊在夜雨中的树枝上。我能猜得出，他们舌头耷拉出来，吊在那里一动不动之前，究竟干了些什么。我猜得出他们内心多么惶恐，最后时刻又多么犹豫，他们挂绳子时又是怎样的动作，还检查绳索是否拴牢，然后脖子才钻进套中，整个身子往下一坠。

我还看到一些人，倒在破烂不堪的床上，母亲带着年幼的孩子，老人们都肚腹空空，姑娘们因焦虑爱情而心痛欲碎，他们身体都僵硬了，都窒息了，都中毒而死，而屋子中央的煤炉还在冒烟。

我还看到另一些人，深夜在空荡荡的桥上徘徊。他们的情景最为凄惨。拱桥下河水流淌，发出轻微的哗哗声。他们看不见河水……他们呼吸到冰凉的水汽，才推测出河水的存在！他们既渴望跳河，又害怕跳下去。他们根本不敢！然而，还得非跳不可。远处传来报时的钟声，在黑夜的一片寂静中，突然咕咚一声，响起物体坠入河中的声响，还有几声呼叫，双手拍击水的声音，但是很快就止息了。有时，他们还捆住双手，或者脚上系一块石头，跳下去也就只是扑通一声了。

噢！可怜的人，可怜的人，可怜的人啊！我真真切切地感受到他们的惶恐，也亲身感受到他们的死亡。我同样经历他们所遭受的全部苦痛，仅一小时的工夫，我就尝遍了他们忍受过的所有折磨。我体会了把他们引上轻生之路的所有伤痛，只因我现时就感到，人生多么具有无耻的欺骗性，而我感受得比谁都要深刻。

我完全理解他们，弱势群体的人，终生摆脱不掉噩运，失去了自己所爱的人，从迟迟不得回报的梦中醒来，从对彼界幻想中醒来。他们原以为上帝在人世残酷无情，在彼界最终会公正，结果幸福的憧憬一个个全破灭，他们看破红尘，已经活够了，想要终结这出没完没了的悲剧，或者这出丢人现眼的喜剧。

自杀！这正是那些再也没有力量的人的力量，是那些再也没有指望的人的希望，是那些完全战败的人的最后勇气！对，这样的人生，至少还有一道门，我们随时都可以打开，走出门到另一边。大自然还有一个怜悯的举动，并没有完全把我们禁锢起来。我替那些绝望者多谢了！

至于那些还只是看破红尘的人，让他们灵魂自由，内心安详，径直往前走吧！他们既然可以一走了之，也就无所畏惧了；既然他们身后始终有这道门，哪怕梦幻中的神灵也不可能把它关闭。

我想着情愿一死的这群人，一年当中，就超过了八千五百人。在我看来，他们聚在一起，是要向世界提出一项请求，宣布一种愿望，要请求一件事，等以后人们加深了理解，也就能有实现之日了。所有这些暴死的人，这些抹了脖子的、服了毒的、自缢的、一氧化碳中毒的、投河而死的人，在我看来，是一个可怕的群体，如同投票之日的公民，纷纷来对社会说："至少，让我们死得和缓一些！你们不能帮助我们生存，那就帮助我们死吧！你们瞧啊，我们人数众多，在这自由的时代，在这独立思考和普选的时代，我们有说话的权利。将一种毫不令人憎恶或恐怖的死亡，施舍给放弃生活的人吧！"

……

我开始浮想联翩，任由神思沿着这个话题之路，驰骋在怪异而神秘的遐想中。

有一阵子，我恍若置身于一座美丽的城市。那是巴黎，但究竟是什么时代呢？我信步走在街上，观看居民房舍、剧院和公共建筑。我走到一座广场，忽见一幢高大的建筑，十分美观、华丽而又漂亮。

再看建筑物正面的几个金色大字：“自杀者之家”，我就不免深感诧异。噢！怪极了，好似白日做梦，神思翱翔在一个不真实而又可能的世界！在这个世界上，什么也不令人奇怪，什么也不刺眼。奇思异想撒起欢儿来，就不辨可笑还是可悲的了。

我走向那个建筑物，只见几个穿西服短裤的听差坐在门厅里，守着衣帽间，仿佛守着一个俱乐部的入口。

我走过去瞧瞧。一名听差站起来，问我：“先生打算？……”

“我打算了解这是什么地方。”

“没有别的事儿？”

“没有。”

“那么，先生可否愿意我带您见见秘书？”

我有些迟疑，又问了一句：“这是不是太打扰他了？”

“哎！没事儿，先生，他在这里的工作，就是接待来问讯的人。”

“那好，请带路吧。”

他带着我穿过几条走廊，看见在那里闲聊的几位老先生，最后走进一间漂亮的办公室，里面只是有点儿暗，木制家具全漆成黑色。一个身体肥胖、大腹便便的年轻人，一边写信一边抽雪茄，闻烟味便知他抽的是上等货。

他站起身，我们彼此问好，等听差出去之后，他就问道："我能为您做点什么吗？"

"先生，"我答道，"恕我冒昧，我从未见过这座建筑，门口写的几个字令我十分惊讶，于是我就想问问，这里是做什么的。"

他先微微一笑，然后一脸得意，低声回答："我的上帝，先生，就是杀死渴望死去的人，但是要做得干净利落，我不敢说多么惬意，至少要让人舒舒服服地死去。"

我并不感到多么震惊，大体上倒觉得这很自然，也很公正。我特别诧异的是，在这个充斥功利的、人道的、自私的卑劣思想，而又压制一切真正自由的星球上，敢于开创这样一种事业，真无愧于解放的人性。

我又问道："你们怎么会产生这种创意？"

秘书答道："先生，在一八八九年举办世界博览会之后五年间，自杀的人数激增，这就要求我们必须采取紧急措施了。什么地方都有人自杀，大街上、舞会上、餐馆里、剧院中、火车上，甚至在共和国总统的招待会上，无处不发生。"

"这种场景，不仅对我这样喜欢生活的人来说惨不忍睹，而且给孩子也提供了坏榜样。因此，必须集中引导自杀。"

“自杀激增是怎么引起的呢？”

“我一无所知。其实，我认为这个世界老化了。大家开始看清了，只是作出了错误的抉择。如今，人们就像认识政府一样，也认识命运是怎么一回事了，大家看到处处都受骗，就干脆走掉。一旦认识到上帝对待人类，就像议员对待选民一样，极尽说谎、弄虚作假、偷窃和欺骗之能事，人们就火冒三丈，但是我们又不能像罢免贪污受贿的代表那样，每三个月就改换一个天主，那只好离开这个坏透了的世界。”

“的确如此！”

“唔！我本人倒也无所抱怨。”

“您能否告诉我，你们这个机构是怎么运转的？”

“乐意效劳。等日后您愿意，也可以加入。这是一个俱乐部。”

“是个俱乐部！！！”

“不错，先生，创建者是国内最杰出的人物、最伟大的思想家，以及最有眼光的有识之士。”

他由衷地笑起来，又补充一句：“我向您保证，在这里特别开心。”

“在这里？”

“对，在这里。”

“您真让我吃惊。”

“我的上帝！大家在这里特别开心，正因为俱乐部成员都不怕死，而惧怕死亡，恰恰是人生欢乐的最大破坏者。”

“请问，他们既然不自杀，为什么要参加这个俱乐部呢？”

“加入这个俱乐部，并不以自杀为条件。”

“这是怎么回事儿？”

“我来解释。面对无限激增的自杀数量，面对自杀给我们展现的惨相，我们就组织起来一个纯粹慈善的协会，保护那些绝望者，向他们提供的死亡，即使不是出乎意料，至少也是平静而不知不觉的死亡。”

“这样一个机构，究竟是谁批准成立的？”

“是布朗热将军，就在他短暂当政期间。他那个人有求必应。而且，他也就做了这么一件好事。就这样，组建了一个协会，这些开明人士、看破红尘者和怀疑主义者，就是要在巴黎市中心，建起一座蔑视死亡的神殿。这栋房子，当初是个令人恐惧的地方，没人敢走近。可是，创建者就在这里聚会，举行了一个盛大的庆祝晚会，邀请来萨拉·贝因哈特夫人、朱迪克夫人、泰奥夫人、格拉尼埃夫人以及其他二十余位夫人，还邀请来德·莱兹凯先生、科克兰先生、穆奈先生、苏利先生、波吕先生等，此外还举办音乐会，演出大仲马、梅拉克、阿莱维和萨尔杜的喜剧。我们那么多演出，只有一次演砸了，就是贝克先生创作的一出剧。当时他挺伤心，但是后来在法兰西喜剧院演出，便获得极大成功。总之，全巴黎人都来了。这事一炮打响。”

“在一系列庆祝活动中创立！拿死亡开了天大的笑话！”

“绝非如此。死亡就不应当那么悲伤，而应当成为无所谓的事情。我们让死亡变得欢快了，我们让死亡鲜花盛开，我们让死亡芬芳四溢，我们让死亡变得容易。大家学会通过实例给人以救助，眼见为实，死亡并没有什么。”

“我完全理解，人们来参加庆祝会，观看演出，然而，大家前来，难道也是为了……死亡？”

“还有疑虑，不是马上如此。”

“后来呢？”

“就有人来了。”

“人数多吗？”

“三五成群。每天能有四十多人。几乎再也见不到跳塞纳河自杀的人了。”

“是谁开的头？”

“俱乐部的一名成员。”

“一位献身者？”

“我看不是。那是个厌世者，破了产的人，在三个月期间，他赌纸牌连续赌输了大笔钱。”

“真的呀？”

“第二个是英国人，性情很古怪。当时，我们还在报上刊登广告，介绍我们的方法，还杜撰了几个足以吸引人的死者。不过，大规模运动，还是由穷人掀起来的。”

“你们是如何操作的呢？”

“您想参观一下吗？我也可以同时给您讲解。”

“当然想参观了。”

他拿起帽子，打开房门，让我先出去，之后带我走进赌厅，厅里有些人在赌博，如同各处赌场那样。接着，他带着我穿过好几间厅室，我看到有人在那里热烈地、愉快地交谈。我所见过的俱乐部，难得有如此活跃、如此热闹、如此欢快的了。

那秘书见我面露惊奇之色，便说道：“唔！这俱乐部时髦起来，达到了前所未闻的程度。全世界潇洒的人都来参加，以便摆出鄙视死亡的姿态。而且，他们一旦来到这里，就认为自己必须兴高采烈，以免显出害怕的样子。于是，大家就开玩笑，大笑不止，相互打趣，都显得风趣十足，而且也学着风趣一些。可以肯定，如今在巴黎，这是人们最爱光顾、最为开心的地方。就连妇女现在也正张罗，要成立女子分会呢。”

“尽管如此，你们这俱乐部还是有很多人自杀吧？”

“刚才我对您讲了，每天约有四五十人。”

“上流社会的人极少见，大部分是那些穷鬼，中产阶层的人也相当多。”

“究竟是……怎么做呢？”

“就是放毒气……微量。”

“那用什么方法控制？”

“是我们发明的一种瓦斯。我们有专利证书。这座建筑的另一侧，有公众出入的门，三扇小门都临小街。来的人无论男女，开头要问他们，然后再给他们救助和保护。如果顾客接受了，我们还要调查，也往往能把人给救了。”

“你们怎么筹集钱呢？”

“钱我们有的是。会员的会费很高。还有，向俱乐部捐赠也是高尚的行为。捐赠者的名字都刊登在《费加罗》报上。而且，富人自杀，要花一千法郎。他们死也死得有身价，穷人自杀则免费。”

“你们怎么知道哪些是穷人呢？”

“哦！哦！先生，看得出来呀！再者，他们必须带来他们那街区警察局开具的贫困证。您若是知道，他们刚来时那样子有多凄惨！我们俱乐部的这个区，我仅仅看过一次，就永远也不想去了。作为设施，穷人区跟这里一样好，几乎同样舒适，应有尽有。然而他们……他们啊！！！如果您目睹他们到来的样子：衣衫褴褛的老人前来求死；一连数月穷得吃不上饭的人，像野狗似的在房子墙角捡东西吃；还有衣裙破成烂布条的女人，瘦骨嶙峋。总之，生病的生病，瘫痪的瘫痪，根本无法生存。他们讲述完自己的身世，还对我们说：‘你们看得很清楚，我再也干不了什么，再也挣不了一口饭吃，没法儿活下去了。’”

“我见过来了一位八十七岁的老太太，她的儿孙全死光了，有六个星期流浪露宿街头。我看了她那情景，心中万分难过。”

“来到我们这里的人，情况各异，差别很大，甚至有人来了，什么也不讲，就问一声：‘在哪儿？’这些人一让进去，当即就了结了。”

我一阵揪心，也重复这句问话：“在哪儿？”

“就这里。”

他打开一扇门，又补充道：“请进，这是俱乐部会员专用的部分，使用的机会最少了。在这里，我们仅仅灭了十一个。”

“哦？你们把这称作灭了。”

“对，先生。请进吧。”

我未免犹豫，但还是走进去了。这是一条赏心悦目的厅廊，类似温室，玻璃窗呈淡蓝色、浅粉色、淡绿色，镶饰的壁毯风景绮丽，氛围富有诗意。这间美丽的小客厅除了沙发，还有美观的棕榈树和鲜花，主要是玫瑰，芬芳馥郁。桌子上则摆放着书籍、《两世界》杂志、烟草专卖局专营的整盒雪茄，令我感到诧异的是，还有一个装着维希润喉片的糖盒。

我的向导见我惊讶，便说道：“唔！有人常来这里聊天。”

接着，他又说道：“公共厅室也同这里相仿，只是陈设简单一些。”

我又问道：“具体怎么做法？”

他抬手指了指一张长椅。上面的罩布是绣有白花的中国产的奶油色双绉。椅子上方有一棵硕大的，但不知其名的灌木，灌木脚下是围着木樨草的小圆花池。

秘书声音压得更低，补充说道：“我们的瓦斯无色无臭，因而鲜花和香味可以随意变换，在死亡时给人以喜爱的花香。瓦斯里也可以添加香精，挥发出来。要不要我给您稍微闻一闻？”

“谢谢，”我急忙回答，“现在还不行……”

他笑起来。

“哎！先生，这毫无危险，我亲自试过多次了。”

我害怕给他胆怯的印象，便接口说道：“那我也愿意试试。”

“请您躺到这张魔椅上。”

我内心有点不安，坐到双绉罩布的椅子上，然后躺下去，差不多随即就被一股木樨的迷人香味所包围。我张开嘴好畅快地吸进来，因为我的心智开始麻木了，像中了魔似的，品味起吸鸦片的那种迷醉与销魂。

有人摇我的胳膊。

“喂！喂！先生，”那秘书笑道，“看样子您上当了。”

……

这时，一个真实的，而非梦幻中的声音，在跟我打招呼，完全是一副乡下人的声调。

“您好，先生。还行吗？”

我的梦不翼而飞。我看见阳光下清澈的塞纳河，发现当地保安员从乡间小路走来，他举起右手，触了触镶了银带的黑色警帽。我答道：“您好，马里奈尔。您这是去哪儿啊？”

“在马里翁附近，打捞上来一个溺水而死的人，我去检验一下。又是一个跳河自杀的，他甚至脱了裤子捆起双腿。”

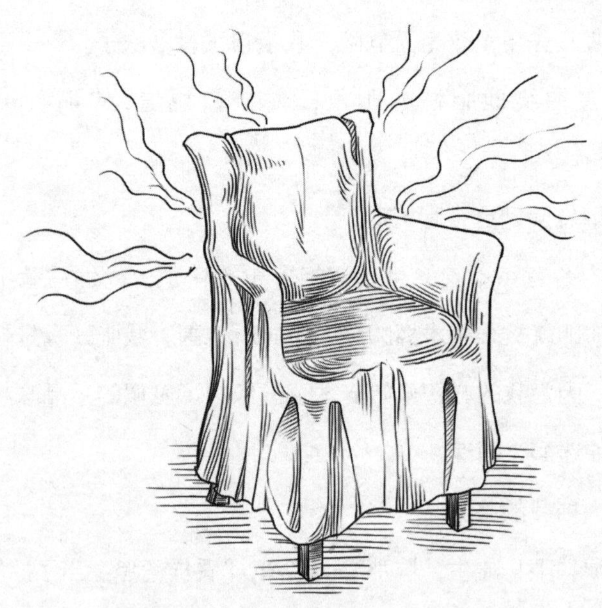

舆　论

刚敲过十一点钟，职员先生们怕上司到来，都各自急忙回办公室。

每人都迅速看一眼不在班上时送来的材料，然后脱掉短礼服或长礼服，换上旧工作服，就去看左近的同事了。

主任科员博囊芳先生的工作间，很快就聚了五个人，每天的交谈又照例开始了。佩德里先生是个有条理的职员，他在寻找忘记放到什么地方的材料。想当副科长的皮斯东先生，教育奖章获得者，正在一边吸烟一边暖和大腿。老缮写员格拉普老伯，也按照老传统，请周围的人吸鼻烟。还有办事员、论者拉德先生，这个爱嘲讽、爱抗上的怀疑主义者，目光狡狯，手势干脆，以蝗虫一样的声音，正津津有味地激起同事们的气愤。

“今天早上有什么新闻？”博囊芳先生问道。

“老实说，什么也没有，”皮斯东先生答道，“报纸还是连篇累牍，报道俄国和沙皇被弑的事件。”

有条理的职员佩德里先生抬起头，以深信不疑的口气，一板一眼地说：“我祝愿他的继任快快乐乐，不过，要我跟他交换位置，我却不干。”

拉德先生笑起来，说道：“他也不干啊！”

格拉普老伯开了口，声调凄惨地问道：“这一切，什么时候才有个头啊？”

拉德先生打断他的话：“永远也没有头啊，格拉普老伯。只有我们有头，说完就完了。自从有了国王，就有了弑君案。”

这时，博囊芳先生插言道：“您给我解释解释看，拉德先生，为什么总谋害好国王，而不谋害坏国王呢？亨利四世，伟大的国王遭暗杀；路易十五死在床上。我们的国王路易·菲利浦，一生都是那些杀手的目标。据说，沙皇亚历山大是个心地善良的人。再说，不正是他解放了农奴吗？”

拉德先生耸耸肩膀：“近来，不是还杀死一位科长吗？”

格拉普老伯每天都忘记头一天发生的事，高声问道：“谁杀死科长啦？”

想当副科长的皮斯东先生答道：“不错，您完全清楚，就是蛤蜊案件。”

格拉普老伯着实忘记了：“不清楚，想不起来了。”

拉德先生帮他回忆这件事：“哎，格拉普老伯，您想不起来了吗？那是个职员，而且被宣判无罪释放了。有一天，那个小伙子要去买蛤蜊当午餐，科长不准他去买，可职员偏要去，科长就命令他住口，不准他迈出办公室一步。职员拒不服从，戴上帽子，科长扑上去，职员在挣扎中，将裁纸剪刀捅进科长的胸膛。怎么，小职员的生涯就这样断送啦！”

“这还是值得讨论的，”博囊芳先生振振有词，“职权也得有限度。一位上司无权规定我的午餐，控制我的胃口。他管我的工作，但管不着我的胃。真的，这件事很遗憾，但还是值得讨论的。”

要当副科长的皮斯东先生恼火地嚷道：“照我看，先生，我认为在办公室里，当头儿的就是指挥官，就像船长指挥他的船一样。职权是不能分割的，否则就没法办事了。领导的职权是政府给的，他在办公室里不代表国家，他的绝对指挥权是不容置疑的。”

博囊芳先生也发火了。拉德先生劝他们息怒，说道：“我就料到了。一句话不对付，博囊芳就会把裁纸刀捅进皮斯东的肚子里。国王也是一样。那些王公能理解哪种权威不属于老百姓。归根到底，就是蛤蜊的问题。‘我呀，要吃蛤蜊！’——‘你不能吃蛤蜊！’——‘偏要吃！’——‘不行！’——‘偏要吃！’——‘不行！’结果，不是一个普通人就是一个国王送了命。”

这时，佩德里先生又重申他的看法：“不管怎么说，当君主这行，今天没有多大意思。就跟当消防队员似的，同样不是开心的事！”

皮斯东先生平静下来，又说道：“法兰西消防队员，也是国家的一份光荣。”

拉德先生赞同道：“消防队员，对，但不是指消防水车。”

皮斯东先生为消防水车和组织机构辩护，他还说道：“况且，这个问题已经有人开始研究了，已经引起普遍关注。时过不久，我们就会有办法让目的同手段协调一致。”

然而，拉德先生却摇了摇头：“您这么想！啊！您这么想！跟您说吧，先生，您错了，什么也改变不了。在法国，体制是不变的。美国体制在于蓄水，蓄大量的水，蓄水成河。好家伙！真够狡猾的，手头掌握大海大洋来灭火灾。法国则相反，全凭主动性，全凭聪明才智和创新精神。没有水，没有水泵，什么也没有，只有消防队员，而法国体制就在于烧烤消防队员。这些可怜的家伙，真是英雄好汉，抡着斧头灭火！想一想吧，比美国高明多少啊！……再者，每回有人受烘烤，市议会就议论，上校谈论，议员也发表看法。大家讨论两种体制：蓄水还是创见！一位名人在受难者的墓前说了这样一句话：‘不是永别，消防队员，而是再见。’

“在法国，先生，就是这么干的。”

可是，谈着谈着，格拉普老伯却忘了谈什么，他问道：“您讲的这句诗：‘不是永别，消防队员，而是再见……’我在什么地方看过呢？”

“是在贝朗瑞的诗集里。”拉德先生严肃地答道。

博囊芳先生断了思路，叹道：“春天百货商场那场火灾，也真是一场劫难！”

拉德先生又说道：“现在，大家可以冷静地（并非文字游戏）谈论了，我想，对那家商场经理的口才，我们有权提出点异议。据说，他是个正派人，这我不怀疑；说他是个机灵的商人，这也是显而易见的；然而，说他能言善辩，我却不以为然。”

“为什么这么讲呢？”佩德里先生问道。

“因为，打击他的这场巨大灾难，如果说没有引起所有人对他的同情，那么，对他为消除职工的担心而在帕利斯的讲话，大家却怎么也笑不够。他对职工们大致这么说：‘先生们，你们不知道明天拿什么吃晚饭吗？我也同样不知道。噢！我哟，可真叫人可怜。幸好我有朋友。有一位朋友借给我十个苏，好买支雪茄（到了这种地步，就不能抽伦敦烟了）；另一位朋友给我一法郎七十五生丁，让我乘坐出租马车；第三位富有些，借给我二十五法郎，让我到美花坛服装店买一件礼服。不错，我呀，春天百货商场的经理，到美花坛服装店去购物！我从另一个人手里拿到十五个苏买别的东西。我连雨伞都没有了，就用第五笔借款，花五法郎买了一把羊驼毛的晴雨两用伞。还有，我的帽子也烧掉了，但不愿再借钱，就拾了一顶消防头盔……喏，就是我戴的这顶！大家都照我的样子做吧，有朋友就找朋友帮忙……而我呢，可怜的孩子们，大家都看到了，我背了一身的债！’

“一个职员要是讲话，就可以这样回答他：‘您这话证明什么呢，老板？证明三件事：第一，您没有零花钱了，我忘带钱包的时候，也有过这种情况。但是，这并不表明您的产业、房产、有价证券、保险等全光了；第二，这还证明您在朋友那里有信誉，好极了，您就利用吧；第三，总之，这证明您非常不幸。哼！老实说，这情况我们都知道，也都从心里同情您。然而，这并不能改善我们的境况。您到便宜商店搞来这套装束，其实就是要哄骗我们。’”

这回，办公室里的人一致赞同。博囊芳先生一副滑稽相，插了一句：“我真希望在场，看看商场里那些售货小姐穿着衬衣逃命的样子。”

拉德先生接着说道：“我可信不过那些贞女的宿舍，就连她们也都险些被烧死，如同去年公共马车公司失火，拴在马厩里的马匹那样。要找替罪羊好办，只要把手下的小职员投进监狱就行了。可是，售衣服的那些可怜的姑娘……算了吧！一位经理，哼！总不能为存放在他大楼里的所有钱财负责。不错，男职工存在账房里的钱，全都付之一炬，但愿那些小姐的钱还能保住！令我赞叹的，举例说吧，就是呼唤职工的号角。啊！先生们，多么壮观的最后一幕！诸位想象一下，一条条宽大的走廊里烟火弥漫，所有人都惊慌失措，乱哄哄地夺路逃命，而在中心圆点广场上，站着一位现代的艾那尼，一位新型的罗兰，脚穿旧拖鞋，下身穿着内裤，在鼓足气力吹响号角！”

这时，有条理的职员，佩德里先生忽然说道：“不管怎么说，我们生活在一个奇特的世纪，一个动荡不安的时期——因此，杜弗街的那件案子……”

工役猛地把门推开一条缝，说了一句：“科长到了，先生们。”

于是，一眨眼工夫，所有人都拔腿逃走，仓皇溜掉，跑得无踪无影，就好像部里大楼也起火了。

西蒙的爸爸

晌午的钟声刚刚敲过，小学校的大门就打开了。孩子们蜂拥冲向校门，你推我搡，都要争先挤出去。不过，他们并不像平日那样马上走散，各自回家吃饭，而是走出几步就站住了，聚成几堆，开始窃窃议论。

原来，这天早晨，白朗绍特大姐的儿子西蒙入学了。

这些孩子在家里都听大人谈过白朗绍特大姐。在公开场合，大家虽然很敬重她，可是在私下里，他们的母亲提起她，怜惜中总有几分轻蔑。他们受到这种态度的感染，却根本不知道是什么缘故。

西蒙呢，他从不出门，也没有在街上或者河边上同他们一道玩过。因此，他们不认识他，也谈不上喜欢他，只是听了一个十四五岁的大孩子说的一句话，又惊又喜、立刻就传开了。

“要知道……西蒙……哼，他没有爸爸。”

那个大孩子讲这句话时挤眉弄眼，一副狡黠的神情，表明他知道老底儿。

白朗绍特大姐的儿子，也走到校门口了。

他有七八岁，脸色略显苍白，穿戴挺整洁，样子腼腆，似乎有点儿拘谨。

那几堆同学还一直交头接耳，用狡狯而残忍的目光盯着西蒙，正像要搞恶作剧的孩子那样。就在他走出校门要回家的当儿，他们慢慢地围上来，终于把他团团围住。西蒙站在圈子中央，又惊讶又惶惑，不明白他们要干什么。那个散布消息的大孩子一看得逞了，就十分得意，问西蒙:“喂，你叫什么？”

“西蒙。”他答道。

“西蒙什么呀？”对方又追问。

这孩子给问得蒙头转向，又说了一遍:“西蒙。”

大孩子冲他嚷道:“名叫西蒙，还得有点什么……西蒙，这不是姓……”

孩子眼泪都要流下来，他第三次回答:“我就是叫西蒙。”

那些淘气鬼哄堂大笑，那个大孩子更是得意忘形，提高嗓门说:“大家都瞧见了吧，他没有爸爸。”

一时鸦雀无声。孩子们都惊呆了，小孩子居然没有爸爸，这件事真离奇，太怪了，简直不可能。他们把他视为怪物，视为违反天理的人，同时他们也感到，自己母亲对白朗绍特大姐的那种始终无法理解的轻蔑，在他们心里增加了。

西蒙则靠到一棵树上，以免瘫倒，他呆立在那里，仿佛被一场无法弥补的灾难打蒙了。他想辩解，但又无言以对，驳不倒他没有爸爸这样可怕的事实。他面无血色，最后索性冲他们嚷道："不对，我有爸爸。"

"他在哪儿？"大孩子问道。

西蒙没话说了，他的确不知道。孩子们兴高采烈，哈哈笑起来。这帮乡下孩子近乎禽兽，这时产生了一种残忍的欲望，就像同窝母鸡中，一旦有哪只受了伤，就会群起而攻之，将其鸽[①]死。西蒙忽然瞧见邻家寡妇的一个孩子，而且他一直看着那孩子同自己一样，也是孤儿寡母地过日子。

"你也一样，没有爸爸。"西蒙说了一句。

"胡说，我有爸爸。"那孩子回答。

"他在哪儿？"西蒙反驳道。

"他死了，"那孩子不无骄傲地高声说，"我爸爸，他在墓地里。"

这帮淘气鬼中间，立刻升起一片赞许的嗡嗡声，就好像爸爸葬在墓地里，就抬高了这个同学的身份，从而压垮那个没有爸爸的同学。这些顽童的父亲，大多都是恶棍、酒鬼、窃贼，都虐待妻子。现在，这些合法的孩子推推搡搡，越挤越紧，仿佛要把

---

① 鸽（qiān）：（鸡、鸟等）用尖嘴啄食。

这个非法的孩子挤死似的。

有一个孩子站在西蒙对面，这时突然伸出舌头嘲弄他，嚷着："没爸爸！没爸爸！"

西蒙扑上去，双手揪住他的头发，并且连连踢他的腿，那孩子反过来也狠狠咬了他的脸蛋儿。场面一片混乱，等两个交手的孩子被拉开，西蒙已经挨了揍，被打得鼻青脸肿，撕破了衣裳，倒在地上，而那些淘气鬼则围着鼓掌喝彩。他爬起来，下意识地拍拍沾满尘土的小罩衫，这时又有人冲他嚷了一句："去告诉你爸爸好了。"

西蒙一听这话，心里就完全泄气了。他们比他强壮，揍了他，而他确实感到自己真的没爸爸，根本没法儿回答他们。他的自尊心很强，竭力忍住涌上来的眼泪，忍了几秒钟，实在憋不住了，这才哭起来，浑身急促地抽动，但就是不哭出声来。

敌人都幸灾乐祸，欢欣雀跃，就像野人狂喜那样，很自然地手拉起手，围着他边跳边重复喊叫："没爸爸！没爸爸！"

然而，西蒙猛地停止哭泣，他怒不可遏，正好脚下有石子儿，他就拾起来，狠命朝折磨他的人掷去。有两三个挨了石子儿，嗷嗷叫着逃跑了。他的样子十分可怕，其他孩子也都惊慌失措了，吓得纷纷抱头鼠窜，如同乌合之众，一碰到情急拼命的人，就全变成懦夫了。

现在，只剩下这个无父的小孩子了，他撒腿朝田野跑去，因为他想起了一件事，随之便发了狠心。他要投河自杀。

原来，他想起一周之前，有一个靠乞讨为生的穷鬼，因为没有钱而投了河。此人被捞起来的时候，西蒙也在场。他平时觉得，那个可怜的家伙又脏又丑，十分悲惨，现在死了面无血色，长胡子湿淋淋的，眼睛平静地睁着，神态很安详，这给他留下了深刻的印象。围观的人说：“他死了。”有个人却补充说：“现在他多幸福啊。”西蒙也要投河，那个可怜的人没有钱，而他没有爸爸。

他走到河边，注视着流水。河水清澈，只见几条鱼追逐嬉戏，有时轻轻跃起，捉食在水面上盘旋的飞虫。他只顾看鱼，就不再哭了，觉得鱼儿捕食的技巧很有意思。不过，风暴平静了，有时还会狂风骤起，吹得树木咯咯作响，然后消失在天边，同样，“我没有爸爸，我要投河”这个念头，还不时浮现，给他带来强烈的痛苦。

天空晴朗，气温很高。暖烘烘的阳光照在草地上。西蒙流过眼泪，一时感到惬意和倦怠，很想躺在暖洋洋的草地上睡一觉。

一只小青蛙跳到他脚下，他想捉住，却让它逃脱了。他追上去，扑了三回都没有捉到，最后总算抓住它的两只后爪尖，看着小动物要挣脱的样子，他不禁笑起来。小青蛙收拢两只后腿，再猛力一蹬，两腿突然绷直，如同两根棍子，而金眼圈的眼睛鼓得溜圆，前爪则像两只小手一样舞动。这令他想起用细长条的小木片钉成斜角的玩具，也是这样用力一拉，就牵动钉在上面的小兵操练。于是，他又想起家，想起母亲，心里非常难过，又哭起来，浑身一阵阵颤抖。然后，他跪到地上，像临睡前那样祷告，但是抽泣得太急，又太厉害，他完全受其控制，无法祷告下去。他什么也不想，周围什么也看不见，心思完全放在哭上。

突然，一只沉甸甸的手按在他肩头上，一个粗嗓门儿问他："你有什么事儿这么伤心啊，小家伙？"

西蒙回头一看，只见一个留着小胡子、满头卷曲黑发的高个子工人和蔼地瞧着他。西蒙的眼睛里、嗓子眼里充满泪水，答道："他们打我……就因为……我……我……我没爸爸……没有爸爸。"

"什么？"那人微笑着说，"可是，人人都有爸爸呀。"

孩子还在伤心地抽泣，又吃力地说道："我……我……我没有。"

那工人听了，神色严肃起来，他认出这是白朗绍特大姐的儿子。他虽然到这地方不久，但是模模糊糊地知道她的身世。

"好啦，"他说道，"别伤心了，孩子，跟我回去找你妈妈吧。会给你……一个爸爸的。"

二人一道走了，大人拉着小孩的手。那人脸上又浮现微笑，能见见那个白朗绍特，倒也不错，据说她是当地数得着的漂亮姑娘，也许他内心深处还这么想：一个失身的姑娘，很可能再次失身。

他们走到一所非常洁净的白色小房门前。

“到啦，”孩子说，接着又叫了一声，“妈妈！”

一个女人走了出来。工人立刻收敛笑容，他一眼就看出，同这个面色苍白的高个儿姑娘，是绝不能开玩笑的：只见姑娘一脸正色，立在门口，似乎不准男人跨进门槛，走进这个她已经被男人骗过一次的房屋。于是他怯阵了，摘下鸭舌帽，结结巴巴地说：“喏，太太，我把您孩子送回来了，他在河边迷了路。”

西蒙急不可待，扑上去搂住母亲的脖子，刚开口说话就又哭了：“不是迷路，妈妈，我想投河，因为其他孩子打我……打我……因为我没爸爸。”

年轻女子满脸烧得通红，心如刀绞，她紧紧搂住儿子，眼泪止不住簌簌往下流。那人站在一旁，也为之动情，一时不好走开。不料，西蒙突然跑过来，问他：“你愿意做我爸爸吗？”

一阵冷场。白朗绍特大姐倚着墙，双手按在胸口，沉默不语，忍受着羞耻的折磨。孩子见那人不答应，又说道：“您若是不愿意，我还要去投河。”

那工人便把这事儿当作笑谈，笑着答道：“好哇，我非常愿意。”

“你叫什么名字？”孩子又问道，“等别人再问起来，我好回答他们。”

“菲利浦。”那人回答。

西蒙沉默了一会儿，要把这个名字刻在脑子里，然后才心满意足，伸出手臂，说道：“好吧！菲利浦，你是我爸爸了。”

那工人把孩子举起来，突然亲了他两边的脸蛋儿，随即大步流星地匆匆走开了。

第二天上学，迎接西蒙的又是一阵嘲笑。放学的时候，那个大孩子又要故伎重演，可是西蒙像投石子似的，将这句话劈头甩给他：“我爸爸，他叫菲利浦。”

周围的同学都高兴得狂呼乱叫：“哪个菲利浦？……什么菲利浦？……菲利浦，算个啥呀？……你那个菲利浦，是从哪儿弄来的？”

西蒙不再搭理，他怀着不可动摇的信念，以挑战的目光注视他们，宁愿皮肉吃苦，也不肯在他们面前逃走。还是老师给他解了围，他才回家。

一连三个月，高个子工人菲利浦经常从白朗绍特家门前经过，有时看见她在窗前做衣服，就鼓起勇气上前搭讪。姑娘则客客气气地回答，但始终一本正经，不苟言笑，也绝不让他进屋。然而，他同所有男人一样，总好自鸣得意，以为姑娘同他说话时，脸色往往要比平时红一点儿。

可是，名声一旦扫地，就再难恢复，动辄遭人非议。尽管如今的白朗绍特处处检点，倍加小心，可当地已经有闲言碎语了。

西蒙倒是非常喜欢他的新爸爸，几乎每天傍晚等新爸爸忙完了活儿，他都同新爸爸一道散步。他也按时上学，从同学中间穿过时神气十足，根本不理睬他们。

不料有一天，那个带头攻击他的大孩子对他说："你撒谎，你没有一个叫菲利浦的爸爸。"

"怎么没有？"西蒙非常冲动地问道。

那个大孩子搓着手，又说道："因为，你若是有爸爸，那他就该是你妈妈的丈夫。"

这个推理很正确，西蒙心慌了，不过他还是回答："反正他是我爸爸。"

"这有可能，"大孩子嘿嘿冷笑，说道，"不过，他还不完全是你爸爸。"

白朗绍特的儿子垂下头，他边走边想，去菲利浦干活的地方——卢瓦宗老头儿的铁匠铺。

铁匠铺就像完全被树木遮住一样，里面很暗，只有大炉子的红火光一闪一闪，映照五个赤臂打铁的铁匠，而铁砧发出震耳欲聋的声响。那五条汉子站在那里，像满身火焰的魔鬼，眼睛紧紧盯着他们捶打的烧红的铁块，而他们迟钝的思想则随着大锤起落。

西蒙走进去时没人瞧见，他轻轻拉了拉他的朋友。他朋友回过头来，活儿立时停了，所有人都仔细地打量他，就在这不寻常的寂静中，响起了西蒙细弱的嗓音："告诉你，菲利浦，刚才米修德家的那个大小子对我说，你不完全是我爸爸。"

"怎么这样说呢？"工人问道。

孩子一片天真地回答："因为你不是我妈的丈夫。"

谁也没有发笑。菲利浦站在原地一动不动，额头放在粗大的手背上，而手掌则撑着顶住铁砧的锤柄头。他在沉思。四名伙伴望着他，西蒙焦急地等待，他在这些巨人中间显得更小了。忽然，一名铁匠向菲利浦说出了大家的想法："不管怎么说，白朗绍特是个正经的好姑娘，虽然遭受不幸，但是很刚强，人又规规矩矩，若嫁给一个厚道的汉子，准能成为像样的媳妇。"

"这话一点儿不假。"另外三个附和道。

那个工人接着说道："不错，那位姑娘失过身，难道这能怪她吗？肯定那人答应娶她，我就知道好些像她这种情况的姑娘，如今都受人敬重。"

"这话一点儿不假。"另外三人又异口同声地附和。

那工人又说道："可怜的女人，靠自己把孩子拉扯大，吃了多少苦。从那事之后，她除了上教堂就再也不出家门，又流了多少眼泪，也只有上帝知道。"

"这话也一点儿不假。"其他人应声说道。

随后，大家都沉默了，只听见风箱吹炉火的呼呼声。菲利浦猛然俯下身，对西蒙说：“去告诉你妈，今晚儿我要去跟她谈谈。”

他推着孩子的肩膀，把他推出去。

回头又干起活来，五只大锤，都准确地落到铁砧上。他们就这样打铁，一直干到天黑，一个个强健有力，欢实活泼，都像够份儿的大锤。不过，正如在节日里，主教堂的大钟比其余的钟敲得更响一样，菲利浦的锤声也压过伙伴们的锤声，他一下一下，不住地抡锤，打出震耳欲聋的声响。他眼睛闪闪发亮，站在四溅的火星中间，劲头十足地打铁。

他到白朗绍特家敲门的时候，已是满天星斗了。他换上新衬衫和过节的外衣，胡子也修过了。年轻女人来到门口，面有难色，说道：“菲利浦先生，天都黑了，你这时候来很不合适。”

菲利浦想回答，但是张口结舌，在她面前不知说什么好。

她又说道：“然而您完全明白，不能再叫人议论我了。”

这时，菲利浦突然说道：“只要您愿意做我的妻子，还怕什么议论呢！”

对方没有回答，不过，他似乎听见昏暗的屋里身体瘫倒的声响，就急忙进去。西蒙已经上床睡下了，他清晰地听见接吻声以及母亲悄悄说的几句话。接着，他突然感到被他朋友抱起来，他朋友巨人般的臂膀将他举起，大声对他说：“再见到同学，你就告诉他们，你爸爸，就是铁匠菲利浦·雷米，谁再敢欺负你，他就拧谁的耳朵。”

第二天，学生都到校了，快上课的时候，小西蒙站起来，他脸色发白，嘴唇打战，用清亮的声音说道：“我爸爸，就是铁匠菲利浦·雷米，他说了，谁再敢欺负我，他就拧谁的耳朵。”

这回，谁也不笑了，因为，大家都认识那个铁匠菲利浦·雷米，有他当爸爸，哪个孩子都会感到自豪的。

归 来

大海用单调的短浪，抽打着岸边。朵朵白云就如同鸟雀，被疾风吹走，飞快地掠过湛蓝的长空。村子坐落在向大海倾斜的峡谷中，正沐浴着温暖的阳光。

马尔丹·勒韦斯克的房子，是一进村的头一家，孤零零地立在大路边上。这是渔民住的一座小房子，墙壁是用黏土夯的，茅屋顶上还开了一簇簇蓝色的蝴蝶花。门前有一座小园子，方方整整，园中长着一些葱头、几棵白菜、香菜和香叶芹。沿着路边有一道绿篱围住园子。

男人下海打鱼去了，女人则在屋前修补一张棕色的大渔网。挂在墙上的渔网，就像一面无比巨大的蜘蛛网。一个十四岁的女孩，坐在园子门口的一把草垫椅子上，身子微微后仰，背靠在栅门上，她正在缝补衣物，那是穷人穿的旧衣衫，已经补丁摞补丁了。还有一个女孩，约莫小一岁，怀里抱着一个还不会走，也不会说话的小男孩。另外两个孩子，也只有两三岁，面对面坐在地上，他们正用笨拙的小手，抓起一把把土，朝对方的脸扔去。

谁也不讲话，只有那女孩要哄睡觉的婴儿还不住地哭闹，声音微弱，又尖又细。一只猫在窗台上睡觉。墙根有几株盛开的紫罗兰，好似用白花做成的一个漂亮的圆垫，招来一大群蜂蝇。

坐在门口补衣衫的女孩突然叫了一声："妈妈！"

母亲应声："干什么？"

"那人又来了。"

从早晨起，她们就担惊受怕，因为有个男人在房子周围转悠。那是个老头儿，看样子很穷。她们送父亲上船下海时，就发现他了。他就坐在栅门对面的水沟边上。她们从海边回来，看见他还在那里，眼睛直勾勾地注视着这座房子。

他那样子病恹恹的，十分可怜。一个多小时过去，他动也没动地方。后来，他看出人家把他当成坏人，便站起身，拖着沉重的脚步走开了。

然而时过不久，她们看见他迈着缓慢而疲惫的步子，重又回来坐下，不过这次离得稍远些，仿佛就是要窥伺她们的举动。

母亲和两个女儿都很害怕，尤其母亲，生来就胆小，而且他男人勒韦斯克要到天黑，才能从海上回家，因此她六神无主。

她丈夫叫勒韦斯克，而她呢，本来叫马尔丹，两人结婚之后，别人就称他们马尔丹·勒韦斯克。这其中自有缘故：她头婚嫁给一个水手，名叫马尔丹。每年夏天鳕鱼汛期，他都要去纽芬兰。

结婚两年之后，她给马尔丹生了个女孩。在她丈夫乘坐迪埃普的三桅帆船“两姊妹号”失事那时候，她又有了六个月的身孕。

那条帆船始终音讯皆无，船上的水手也无一人生还。因此，大家都认为全船人遇难，货物也损失殆尽了。

马尔丹家的等丈夫归来，一等就是十年，生活十分艰难，好歹把两个孩子拉扯大了。后来，当地有个叫勒韦斯克的渔民，打了光棍，带着一个男孩，他见马尔丹是个坚强而善良的女人，就向她求婚了。她嫁给勒韦斯克，三年之间又生了两个孩子。

他们生活艰苦，但是很勤奋。面包已经相当贵了，家里的餐桌上几乎见不到肉食。到了冬季，在狂风怒吼的几个月，他们有时还得去面包铺赊账。不过，孩子们长得都很结实。人们都说：“马尔丹·勒韦斯克夫妇嘛，都是老实厚道的人。马尔丹女人能吃苦耐劳，勒韦斯克在打鱼这行可是没比的。”

坐在栅门的女孩又说道：“他好像认识咱们。没准儿是从艾普维尔，或者奥兹博斯克来的穷人。”

可是，母亲不会看错。不对，不对，他不是本地人，肯定不是。

那人如同木桩，一动也不动，只是眼睛死死盯住马尔丹·勒韦斯克家的房子。马尔丹女人气急败坏，因恐惧而变得勇敢，她抄起一把铁锹，走到门外，冲那流浪汉吼道：“您在那儿干什么？”

那人声音沙哑，回答道：“还用问，我在这儿乘凉呗！我妨碍您什么了吗？”

女人又问道：“您干吗总对着我们家张望？”

那男人反驳道：“我又妨碍不着哪个人。怎么，在路边坐一坐，难道都不行了吗？”

女人没话说了，只好回家去。

这一天时间过得特别慢。中午时分，那男人不见了。然而，快到五点钟的时候，他又从这里过了一趟。傍晚这段时间，就再也没有见他的人影儿。

天黑的时候，勒韦斯克回来了。家里人向他讲了这件事。他下了结论：“这个人嘛，不是要管什么闲事，就是打什么坏主意。”

他倒是毫不担心，安稳地睡下了，可是他的女人还在想那个流浪汉，觉得那人注视她时，眼神特别奇怪。

天亮时刮起大风，水手看到不能出海了，就待在家里帮妻子补渔网。

约莫九点钟，马尔丹家的大女儿去买面包，是跑回来的，她满脸神色惊慌，嚷道：“妈，那人又来了！”

母亲异常紧张，脸色煞白，对她男人说道：“勒韦斯克，你去对他说，不要再这样偷看我们了，这样偷看搅得人心烦意乱。”

勒韦斯克是个子高大的水手，肌肤呈砖红色，红胡子长得很密实，蓝眼睛中打了个黑点，粗壮的脖子总围着毛线围巾，出海时好能遮风挡雨。这时，他从容地走出家门，走到流浪汉跟前。

二人开始交谈。

母亲和孩子们远远望着，都心惊胆战，焦急不安。

忽然，那陌生人站起身，随着勒韦斯克朝房子走来。

马尔丹女人吓坏了，连连往后退，她男人对她说：“给他拿块面包，倒一杯苹果酒来，从前天到现在，他什么也没有吃。”

两个男人走进屋里，女人和孩子们则跟在后面。流浪汉坐下来，开始吃东西，众目睽睽之下，他低下了脑袋。

母亲站在一旁，仔细打量他。马尔丹家的两个大女儿，身子靠着门板，其中一个抱着最小的孩子，她们俩目光贪婪，也都盯着那人看。两个男孩坐在炉灰堆里，这时也停止玩那口黑锅了，仿佛也要观看那个陌生人。

勒韦斯克坐到一把椅子上，问道：“这么说，您是从很远的地方来的？”

“从塞特来的。”

“就这么走来的？”

“对，走来的。身上没钱，就只好如此。”

“那么，您要去什么地方呢？”

“就是到这里。”

“这里有您认识的什么人吗？”

“这很有可能。”

二人都不讲话了。那人虽然饿得要命，还是吃得很慢，但每咬一口面包，就喝一口苹果酒。他面容苍老，布满皱纹，无处不塌陷，看样子受了许多磨难。

勒韦斯克猛然问他："您叫什么名字？"

那人头也不抬，答道："我叫马尔丹。"

不知何故，女人打了个寒战，她跨上前一步，似乎要凑近了瞧瞧这个流浪汉，就在他对面站定，两条胳膊耷拉下去，嘴大张着。谁也没有再说话。最后，还是勒韦斯克又开了口，问道："您是本地人吗？"

那人回答："我是本地人。"

这时，他终于抬起头，女人的目光同他的目光相调，便凝滞不动，交织起来，彼此仿佛钩在一起了。

她突然说话了，声调都变了，低沉而发颤："是你吗，我的男人？"

那人字字咬真，慢悠悠答道："对，正是我。"

他一动未动，还继续嚼着面包。

勒韦斯克不免激动，更是惊讶，他结结巴巴地问道："是你吗，马尔丹？"

对方回答也很干脆："对，正是我。"

第二个丈夫又问道："你到底是从哪儿来的呀？"

第一个丈夫便讲述："是从非洲海岸来的。当年，我们的船触礁沉没了，只有皮卡尔、瓦蒂奈尔和我，我们三人幸免于难。后来，我们被野蛮人抓了去，扣留了十二年。皮卡尔和瓦蒂奈尔都死了。是一位英国旅行家经过那里，把我带走，一直送到塞特。就是这样，我回来了。”

马尔丹女人用围裙捂住脸，呜呜哭起来。

勒韦斯克则说道：“现在，咱们该怎么办呢？”

马尔丹问道：“你是她的男人吗？”

勒韦斯克回答：“对，我是的。”

他们面面相觑，都沉默无语了。

这时，马尔丹打量围着他站了一圈的孩子，扬头指了指两个女孩，问道：“这两个是我的吗？”

勒韦斯克答道：“是你的。”

马尔丹没有站起来，也没有去拥吻她们，仅仅感叹一句：“上帝呀，都长这么大了！”

勒韦斯克又重复问道：“咱们该怎么办呢？”

马尔丹面有难色，也不知如何是好。最后，他狠了狠心，说道：“我呢，就照你的意思办。我不想损害你什么。不过还是让人为难，有房子的事儿。孩子好说，我有两个，你有三个，各归各的。他们的妈，归我还是归你呢？你高兴怎样我也同意。但是这房子，它是我的，是我父亲传给我的，我也是在这里出生的，公证人那里有字据。”

马尔丹女人一直在哭，但是用蓝围裙捂住嘴，小声抽咽。两个大女孩凑到跟前，神情不安地看着她们的父亲。

他终于吃完了，也同样问道："咱们该怎么办呢？"

勒韦斯克有了个主意："还是应当去找本堂神甫，由他来决定。"

马尔丹站起身，朝他妻子走去，妻子便扑到他的怀里，呜咽着说道："我的男人啊！你可回来了！马尔丹，我可怜的马尔丹，你可回来了！"

刹那间，旧日的恩爱、二十妙龄与最初拥抱的记忆，一齐涌上心头，她激动万分，双臂紧紧搂住马尔丹。

马尔丹也很激动，亲吻了她的帽子。在炉灶前的两个孩子听见妈妈的哭声，就一齐号叫起来。马尔丹二女儿抱的那个最小的孩子，也像支走调的笛子那样，扯着尖细的嗓门儿，投入这场喧闹。

勒韦斯克站在一旁等待，这时说道："好了，好了，事情一定得安排妥当。"

马尔丹放开他妻子，又看着两个女儿，于是母亲便对她们说："怎么也得亲亲你们的爸爸呀。"

她俩一起走上前，眼里没有眼泪，只有惊奇，还有点儿畏怯之色。马尔丹挨个儿拥抱她们，像乡下人那样，在她们脸蛋上重重地亲了两口。最小的孩子见到这个陌生人靠近，便尖声叫起来，几乎岔了气儿。

然后，两个男人一起出去了。

他们经过商贸咖啡馆时，勒韦斯克问道：“还是进去喝点儿，好不好？”

“我说，好哇。”

他们走进还空荡荡的咖啡馆，勒韦斯克嚷道：“喂！希科，两杯六条杠烧酒，要好的，这是马尔丹，马尔丹回来了，我老婆的男人，你清楚，失事的‘两姊妹号’船的马尔丹。”

小酒馆老板走过来，一只手拿着三只杯子，另一只手拿着长颈大肚酒瓶，只见他大腹便便，浑身滚圆，脸颊红赤赤的。他一副若无其事的样子，问道：“哦！你回来了，马尔丹？”

马尔丹答道：“我回来了！”

嫁妆

西蒙·勒布吕芒先生和雅娜·科尔迪埃小姐结婚，谁也不感到奇怪。不久前，勒布吕芒先生接手帕皮荣先生的公证处，当然要付钱，而雅娜·科尔迪埃小姐手头的现钞和不记名的有价证券，总计恰好有三十万法郎。

勒布吕芒先生是个英俊的小伙子，人很帅气，公证人式的帅哥，外省的帅哥，总归很帅气，这在布蒂尼-勒布尔这地方，是极其少见的。

科尔迪埃小姐很文雅，也很清纯，只是文雅中透出几分刻板，清纯中也显示出一点儿笨拙，但总体来说，她是个美丽的姑娘，既令人渴慕，又秀色可餐。

他们的婚礼在布蒂尼闹翻了天。

这对新人令人赞不绝口，婚后回到洞房的欢爱，自然不能为外人道，而且，他们厮守几天之后，决定去巴黎一游。

新婚燕尔妙不可言。他早就信奉这样的座右铭：“只要善等待，一切适时来。”他表现得既有耐心又有精力，便一举大获全胜。

四天下来，勒布吕芒太太对丈夫就爱得死去活来，再也离不开他了。

婚后第一周刚过，他就对年轻的妻子说道：“假如你愿意，咱们星期二就动身去巴黎。咱们就像还没有结婚的情侣那样，去下馆子，去看戏，去音乐咖啡厅，哪儿都玩玩，哪儿都逛逛。”

妻子高兴得跳起来。

“啊！好哇！好哇！咱们尽量早些动身。”

丈夫接着说道：“还有，什么事儿也不要忘记，应当告诉你父亲，将你陪嫁的钱准备好，咱们随身带着，我好借此机会把钱付给帕皮荣先生。”

妻子立刻答应：“明天早晨我就去同他谈。”

他马上搂住妻子，又开始玩起了小游戏，这是一周以来，她最迷恋的花样儿。

到了星期二，岳父岳母前来送行，陪同要去巴黎的女儿女婿到火车站。

岳父说道：“我可以肯定，你们携带这么多钱旅行，实在是太冒失了。”

可是，年轻的公证人却微微一笑，答道：“您丝毫也不必担心，爸爸，这种事情我习以为常了。您也知道，我干这一行，有时候随身带着上百万。我们这样做，至少会省去一大堆烦琐的手续，也免得耽误很多时间。您老丝毫也不必担心。”

列车员喊道：“去巴黎的旅客，赶快上车！”

新婚夫妇急忙上了一节车厢，只见里面坐着两位老妇人。

勒布吕芒对着妻子的耳朵，悄声说道：“真烦人，我不能抽烟了。”

她小声答道：“我也觉得挺烦人的，但不是因为你抽不了烟。”

火车嘶鸣，开始启动了，行程大约一小时。一路上，他们俩也没有讲几句话，只因两个老妇人根本没有打盹儿。

他们一到圣拉扎尔车站广场，勒布吕芒先生就对妻子说道：“亲爱的，如果你愿意，咱们就先到大马路吃午饭，然后再稳稳当当地去取行李，送到旅馆去。”

妻子立即表示同意：“对，咱们就先去吃饭，饭馆离这儿远吗？”

丈夫答道：“是啊，有点儿远，不过，咱们可以乘公共马车去。”

妻子颇为诧异，问道：“为什么不叫一辆马车呢？”

丈夫面带笑容责备道：“你就是这样节省的呀，不过五分钟的路，就叫一辆马车，每分钟要付六苏。你可是什么也少不得呀。”

“真是这样。”妻子不免有几分羞愧，说道。

这时，正好驶来三匹马拉的一辆公共马车，勒布吕芒便喊道：“车夫，喂，车夫！”

沉重的马车停下，年轻的公证人推着妻子，还匆匆地对她说道：“你就坐进车厢里，我要爬上顶层，至少能在午饭前抽支烟。”

妻子还来不及作出反应，车夫就已经抓住她的胳膊，扶她登上踏板，并把她推进车厢。少妇吓坏了，跌坐到长椅上，她透过车后窗户，惊愕地看着丈夫往顶层爬的双腿。

她坐在那里一动不动，一边是一位浑身烟斗味的胖先生，另一边是一位满身狗气味的老妇人。

其他所有乘客一排排坐在那里，也都默不作声——那中间有一个食品杂货铺伙计，一名女工，一名步兵中士，一位架着金丝眼镜、头戴一顶宽卷边像檐槽的丝绸帽子的先生，还有两位端着架子、烦躁不安的太太，她们似乎以那种神态告诉别人：“虽然我们坐这辆车，但是身份要高贵得多。”此外，车里还有两名修女、一个没有戴帽子的妓女和一名殡葬工人。这些人聚到一起，活似一组漫画像，或博物馆中陈列的滑稽人物，活似人类面孔的百丑图，又像集市上人们用以打靶的一排排滑稽的玩偶。

乘客的脑袋，随着马车的颠簸而轻轻摆动，他们面颊松弛的肌肤，也随着头摇晃而颤动起来。人人都被车轮的隆隆声响震得昏头涨脑，仿佛又傻又苶[1]，昏昏欲睡了。

这位少妇也傻呆呆地坐在那里。

“他为什么不来同我坐在一起呢？”她暗暗思忖，只觉一股无名的忧伤压抑心头。老实说，他完全可以不抽那支烟。

两位修女示意停车。接着，她们一先一后下车，登时散发出旧裙子的霉味。

马车重又往前行驶，随后又停下。一个红头涨脸、气喘吁吁的厨娘上了车。她坐下来，将装满食品的篮子放在双膝上。一股强烈的刷锅水的气味，立刻弥漫了整个车厢。

“这段路程，可比我原以为的要长得多。”雅娜心想。

殡葬工人下了车，腾出的座位又坐上一名浑身马厩味的车夫。那个不戴帽子的粉头下车后，又上来一个办事员，因跑事而两脚发出汗臭味。

公证人太太感到极不自在，一阵阵作呕，不知为什么就想哭一通。

乘客不断地上上下下，马车也一直向前行驶，街道连着街道，没有尽头，遇站停车，接着又往前行驶。

“路这么远啊！”雅娜又思忖道，“但愿他没大意坐过了站，但愿他没睡着！这些日子，他可累坏了。”

① 苶（nié）：疲倦，精神不振。

乘客都逐渐下车，车厢里只剩下她一人了。这时，车夫嚷道：“伏日拉尔街到了！”

看看雅娜还坐着不动，车夫又嚷一遍：“伏日拉尔街到了！”

雅娜望了望车夫，这才明白他是冲自己喊话，因为车厢里再没别人了。车夫喊了第三遍：“伏日拉尔街到了！”

于是，雅娜问道：“到哪里了？”

车夫粗暴地回答：“到伏日拉尔街了，活见鬼，我都喊了二十遍了！”

“这里离大马路还远吗？”她问道。

“哪条大马路呀？”

“当然是意大利人林荫大道了。”

“早就过了！”

“啊！您能不能告诉我丈夫一声？”

“您丈夫？在哪儿呢？”

“在顶层啊。”

“顶层！那上边早就没人了。”

她一下惊呆了：“什么？这不可能，他和我一起上的车。劳驾，您再仔细瞧瞧，他肯定在上面呢。”

车夫说话变得粗鲁起来：“算了，小美妞，别再啰唆了，丢失一个男人，就找回来十个。快走人吧。这次就收场了。您在大街上再另找一个。”

她泪水盈眶，仍坚持说道：“不对，先生，您弄错了，我肯定您弄错了。他腋下夹着一个大公文包。”

车夫笑起来：“一个大公文包。哦！对了，他是在马德兰大教堂下车的。反正是一码事，他把您给甩了，哈！哈！哈！……”

马车已经停下。雅娜下了车，眼睛还不由自主地望了望顶层，那上面确实空无一人。

于是，她放声大哭，根本不考虑有人在听，有人在看她，她边哭边说：“我该怎么办啊？”

一名警探走过来，问道：“出什么事儿啦？”

车夫以嘲笑的口气答道：“这位太太让丈夫给丢在路上了。”

警探接口说道：“好，没什么大事，您还赶您的车去吧。”

说罢，警探掉头就走了。

这时，雅娜也只好信步往前走，她实在是六神无主，惊恐万状，简直弄不明白究竟发生了什么事。她要往哪儿走呢？她要干什么？她丈夫，出了什么事儿呢？怎么会出这种差错、这种大意、这种误会呢？怎么会出现如此不可思议的疏失呢？

她口袋里只有两法郎。去找谁呢？她猛然想起在海军部当科长的表兄巴拉尔。

兜里的钱刚好够叫马车的，于是她叫了一辆，坐到表兄家。

她到达表兄家时，他正巧出门要去部里上班，也像勒布吕芒那样，腋下夹着一个大公文包。

她跳下车，喊道："亨利！"

亨利吃了一惊，戛然止步："雅娜？……跑到这儿来？……单独一个人？……您从哪儿来，做什么呀？"

雅娜眼泪盈眶，结结巴巴地说道："刚才我丈夫走丢了。"

"走丢了，在哪里丢的？"

"在一辆公共马车上。"

"在公共马车上？……唔！……"

接着，她就向表兄哭诉自己的遭遇。

表兄边听边想，他问道："今天早晨，他头脑很清醒吗？"

"很清醒。"

"好的。他随身带很多钱吗？"

"是的，他带着我的嫁妆。"

"您的嫁妆？……全部嫁妆？"

"全部……要为他买下的公证处付款。"

"哎呀，我亲爱的表妹，您丈夫此刻，可能已经去比利时了。"

雅娜还是不明白，结结巴巴地问道："……我丈夫……您说……"

“我说他骗走了您的……您的财产……事情无非如此。”

她站在原地，一时喘不上来气，咕哝道：“那么他……他……他就是个无赖！……”

她一阵冲动，几乎昏过去，倒在表兄的身上，失声痛哭。

由于有人围观，他就轻轻把她推进楼门里，又搀着她走上楼梯。女仆来开门，一下就愣住了。主人吩咐道：“索菲，赶快去餐馆，订两份午餐送来。今天我不去部里上班了。”

火星人

我正在工作，忽见仆人来通报：“先生，有一位先生要和您谈一谈。”

“请他进来。”

我看到进来一个身材矮小的男子，向我打了招呼。他架着一副眼镜，那样子就像一个干瘦的学监，躯干瘦小而衣服太肥大，晃晃荡荡，没有一处合辙押韵。

他讷讷说道：“请您原谅，先生，打扰您了，非常抱歉。”

我说道：“您请坐，先生。”

他坐下之后，接着说道：“我的上帝，先生，此次来访十分冒昧，我深感不安。但是无论如何，我得见一个人，又非您不可……非您不可……最终，我鼓起了勇气……不过老实说……一见面我就不敢了。”

“您放开胆子吧，先生。”

“是这样，先生，我只要一讲起来，您就会把我视为疯子了。”

“我的上帝，先生，这要看您对我讲些什么了。”

“说的是，先生，我要对您讲的，恰恰怪诞得很。不过求求您了，不要把我看成疯子，正因为我不疯，我才看到我向您透露的事多么奇特。”

“那好，先生，请讲吧。”

“不，先生，我并没有疯，不过我这样子，就属于疯疯癫癫的一类人了。这类人只是比别人多思考一些，有点儿突破，稍微突破一点点平常思维的藩篱。您想想看，先生，在这个世界上，就根本没人在认真思考什么。人人都忙于自己的事务，都致力于自己发财致富，自己寻欢作乐，总之营造自己的生活，或者忙于那类愚蠢的小玩意儿，诸如戏剧、绘画、音乐，或者忙于政治，即无聊事之大观者，或者忙于处理工业问题。然而，有谁在思考呢？究竟有谁呢？没有一个人！噢！我太冲动了！对不起。我还是回到正题上来。

“我来此地已有五年，先生。您不认识我，但是您，我却很熟悉……我从不光顾您的海滩和赌场，不同您那些顾客混在一起。我生活在海岸的悬崖峭壁上，我着实喜爱埃特勒塔这种海岸悬崖，不知道还有什么比这儿更美，更有益于健康的了。我是要说有益于思想健康。这悬崖是海天之间的光辉大道，一条绿茵大道，从这雪白岩石的高大墙壁上直通过去，能把您引到世界的尽头、大地的边陲、大洋的上方。我最幸福的日子，就是躺在海浪百米之上的青草坡上，晒着明媚的阳光，畅快地幻想。您能理解我吗，先生？”

“是的，先生，完全理解。”

“现在，您能允许我向您提一个问题吗？”

“您认为其他星球上也有人居住吗？”

我毫不犹豫，也毫无惊讶的神色，就回答道：“我当然认为有人居住。”

他喜出望外，显得异常激动，忽地站起来，重又坐下，显然是想过来拥抱我。他高声说道：“哈！哈！真有运气！真有福气啊！我总算松一口气了！不过，我怎么又能怀疑您呢？一个人不相信其他星球有人，那就是弱智。恐怕只有傻瓜、笨蛋、白痴、愚昧的人，才会以为亿万个星球发光、运转，仅仅是为了讨人这个愚蠢的昆虫开心和惊叹，恐怕只有他们才不明白，在大千世界中，地球只不过是一粒看不见的灰尘，而我们的行星体系，只不过是恒星生命的几个分子，不久即将消亡。您瞧瞧，无上的银河，这条星球的长河，您想想，它在无限宇宙中，只不过是一个亮点。您就此哪怕想上十分钟，也就能明白，为什么我们什么也不知道，什么也推测不出来，什么也不理解。我们只认识一个点，在这一点之外、之上的任何部分，我们都一无所知，而我们还认为这个如何如何，又肯定那个怎样怎样。哈！哈！！哈！！！假如突然之间，有人向我们揭示这个地球之外伟大生命的奥秘，那该多么令人惊讶啊！然而不可能……绝不可能……我也同样是个傻瓜，这个奥秘，我们根本就不可能理解，只因我们的头脑仅是为理解地球的事物而生出来的，也就不可能往更远扩展，它同我们的生命一样受此局限，完全锁在这个负载我们的小小圆球上。我们的头脑判断一切事物，都是通过比较。您瞧瞧吧，先生，我们所有人，无一例外，都是多么愚蠢，多么狭隘，居然对我们的智力深信不疑。我们的智力，其实比动物的本能强不了多少。我们甚至看不透自身的弱点，我们生来，也只能了解奶油和小麦的价钱，充其量也只能争一争两匹马、两只船的价值，争一争两位部长，或者两名艺术家的身价如何。

“仅此而已。我们也刚好适于耕种土地，并笨拙地利用土地生长的作物来填饱肚皮。我们也不过刚刚制造能行走的机器。每有一种发现，我们就像孩子一样大惊小怪，而其实，我们若是高级动物的话，那么多少世纪之前就该发现了。我们仍然被未知事物所包围，甚至直到如今，才推测出电的存在，居然花费了几千年的智力生命。我们看法一致吧？”

我笑着回答：“对，先生。”

“这就太好了。那么，先生，您有时候也关注过火星吧？”

“关注火星？”

“对，就是那颗行星。”

“没有，先生。”

“您对它一无所知吗？”

“对，先生。”

“您能允许我向您介绍几句吗？”

“当然了，先生，我很感兴趣。”

“我们这个体系，我们这个小小家庭的星球，是由环状的原始气体凝结而成的，并且一个接着一个脱离太阳星云团，这您一定知道吧？”

“知道，先生。”

“因此，脱离最远的星球，也就是最古老的，从而也就应当是最文明的行星。按其生成的时间，排列如下：天王星、土星、木星、火星、地球、金星、水星。您是不是认为，这些星球也像地球一样，有人居住呢？”

“当然有人居住。为什么认为地球是个例外呢？”

“很好。火星人既然比地球人更为古老……我操之过急了。我要首先向您证明火星上有人。呈现在我们眼前的火星，同火星上观察者眼中的地球，大概相差无几。不过在火星上，海洋的面积要小，也比较分散。看那深颜色的条块便知是海洋，因为水吸收光线，而陆地则反光。火星上地理变化频繁，证明它的生命还有活力。火星也类似我们地球，有季节之分，两极有积雪，能望得见那上面的积雪随季节而消长。火星一年的时间要长些，等于地球上六百八十七天，在火星上则计为六百六十八天，四季的天数划分如下：春季一百九十一天，夏季一百八十一天，秋季一百四十九天，冬季一百四十七天。火星上的云层，看得出比地球少，因而比起地球来，冬季更寒冷，夏季更炎热。”

我打断他的话。

“对不起，先生，既然火星距太阳比我们远得多，那么我觉得，那里的气候四季都应该更加寒冷。”

我这位怪异的来客大声说道，口气十分激烈：“错了，先生！错了，绝对错了！我们地球人，夏季比冬季距离太阳要远。勃朗峰顶较之山脚下要寒冷得多。我还可以请您参照玄姆雷兹、斯基帕雷利的热能机械理论。地表的温度，主要取决于水蒸气在大气中的含量。原因就在于此：一个水蒸气分子吸热的能力，要比一个干燥空气分子吸热能力大一万六千倍。因此，水蒸气就是我们的制热工厂。火星云层稀薄，因而比地球更加寒冷，也更加炎热。”

“对此我没有异议了。”

“好极了。现在，先生，我请您格外听仔细了。”

“我正洗耳恭听呢，先生。”

“斯基帕雷利先生于1884年发现的那些著名运河，您听说过吗？”

“很少听说。”

“这怎么可能啊！要知道，1884年那时候，火星运行到恰与我们相对的位置，仅仅相距两千四百万法里[①]，而本世纪最杰出的天文学家，最有把握的观测家斯基帕雷利先生，忽然发现火星上有大量的黑色线条，有的笔直，有的折成几何图形，一条条穿过陆地，汇入火星的海洋中！是的，是的，先生，那些呈直线或几何图形的运河，从头至尾宽度相等，正是火星人开凿的运河呀！是的，先生，这就证明火星上有人居住，他们在那上面生活，在那上面思考，在那上面劳作，也在那上面观望我们。您明白吗？您明白吗？

“二十六个月之后，火星再度正对着我们的时候，人们又看到了那些运河，数量比上次增多了，真的，先生，那些运河无比巨大，宽度不下一百公里。”

我微笑着回答：“一百公里宽。那开凿起来，可真够工人拼命干的。”

“哎，先生，您何出此言？看来您不知道，在火星上，这种劳动，不知比在地球上轻松多少，只因火星物质结构的密度，只有地球物质的六十九分之一，重力的强度也只抵地球的三十七分之一。

“一千克水，在火星上称重，只有三百七十克！”

他向我抛来这些数字时，那么把握十足，那么自信，赛过

① 法里：法国从前的长度单位，一法里约合四千米。

一个了解数目价值的商人。我忍俊不禁，便大笑起来，真想问问他，糖和奶油在火星上该是什么重量。

他摇了摇头。

“您觉得好笑，先生。您先是把我当成疯子，现在又把我视为傻瓜。我向您列举的这些数字，其实您在所有天文学专著中都能查到。火星的直径约是地球的一半，面积约是地球的两千六百分之一，体积则不足地球的六分之一，而它的两个卫星运行的速度也能证明，它的重量仅为地球的十分之一。不过，先生，重力的大小取决于物体的质量与体积，换言之，取决于重量和中心到表面的距离，由此得出的结论不容置疑：在那个行星上，物体都轻得多，生活也就完全不同，机械运动便遵循我们所陌生的规则，占主导的一定是生有翅膀的生物。是的，先生，火星上称王的生物都长着翅膀。

“火星人散步，就从一个大陆飞到另一个大陆，就像精灵那样，在自己的天地游荡。不过，大气层把他们同那个世界连在一起，他们无法穿越，尽管……

“总而言之，先生，您能想象出那个星球吗？火星上覆盖着各种植物和树木，那上面活动的动物，我们连形体都猜测不出来，那上面的人都长着翅膀，如同我们在画上见到的天使那样。我恍若看见他们在平原和城市的上空，盘旋飞舞在金色的空气中。人们从前认为，火星上的大气层是红色的，地球上的大气层则是蓝色的。其实，那上面的大气层是黄色的，先生，一种非常美丽的金黄色。

“那些人能开凿出一百公里宽的运河，您现在听了很奇怪吧？然而，您可以想一想，一个世纪以来，我们这里科学所取得的成就……一个世纪以来……而且，也可以说，火星的居民恐怕比我们要高级……”

他忽然住了口，垂下眼睛，继而声音又极低地咕哝道：“现在，我若是告诉您……有一天晚上……我差一点儿看见他们，您就非把我当成疯子不可了。您知道，或者您并不知道，现在正是流星多发季节。尤其是十八日至十九日的夜间，每年都会看到大量流星。在那种时刻，我们很可能就从一颗彗星的残骸余尘中走过。

“当时，我正坐在马纳门上，也就是悬崖迈进大海里的那条大腿上面，眺望我头顶如霏霏细雨的无数星辰。先生，那比放烟花更有趣、更美观。猛然间，我发现离头顶很近的地方，有一个发光透明的球体，周围鼓动着巨大的翅膀，至少在朦胧的夜色中，我以为看见了翅膀。那大圆球好似一只受伤的鸟儿，乱飞乱撞，还一直打转儿，发出一种巨大而神秘的声响，仿佛在喘息，濒临死亡了。它从我眼前过去，就好像一个无比巨大的水晶球，满载着惊慌失措的人，看上去影影绰绰，如同一只遇难船只上的水手那样骚动，眼见船只失去控制，在惊涛骇浪中飘荡。接着，那个怪球划了一条大弧线，坠入远处的海中，我听见轰隆一声，坠海发出放炮似的巨响。

“而且，在那一带的所有人，当时都听见了那声巨响，还以为是一声炸雷。唯独我看见了……看见了……假如他们掉在我附近的岸边，我们就会认识火星的居民了。您一句话也不要讲，先生，想一想吧，多多想一想，然后等哪天您若是愿意，就向别人讲讲这件事。是的，我看见了……我看见了……第一艘太空船，第一艘星际航船，是由有思想的人发射到茫茫宇宙中……除非我目睹的场景，仅仅是地球接收的一颗死亡的流星。因为，您不会不知道，先生，各个星球也都在驱赶在太空游荡的星体，完全像我们这里驱赶流浪汉一样。地球本身很轻，也很虚弱，在茫茫宇宙的行程中，只能搭载极小的过客。”

他情绪激动，语无伦次，还站起身来，张开双臂，要比画比画天体的运行。

“先生，彗星，就在大星云边缘游荡，而我们不过是这星云的凝结体。彗星，那些自由而发光的鸟儿，从遥深的茫茫宇宙，飞向太阳。

“彗星拖着长长的光亮的尾巴，向着光芒四射的太阳飞去，而且速度越飞越快，无法控制，听见有星球呼唤也不能去拜访，只好擦肩而过，被自身坠落的高速所裹挟，穿越我们的空间。

“然而，它们在神奇的旅行中，假如从一颗强大的星球旁边经过，假如受到那星球不可抗拒的引力的影响，偏离了自己的道路，那么它们就要归顺新主人，成为新主人的俘虏。它们运行的无限的抛物线，也就变成一条闭合的弧线了，从而我们也就能计算出周期性彗星返回的时间了。木星有八个奴隶，土星有一个，海王星也有一个，它的外星体同样有一个，还有一支流星部队……当时……当时……我所见到的，也许仅仅是地球截获的一个小流星体……

“再见，先生，您一句也不必回答我，思考一下，思考一下吧，等哪天您愿意，再向别人讲述这些……”

事情到此为止。这个神神叨叨的人，在我看来，还不像一个普通吃年金的人那么愚蠢。

春　天

春光明媚的日子来临，大地苏醒返青，这时空气中芬芳的暖意，爱抚我们的肌肤，进入我们的肺腑，仿佛透进心田。于是，我们隐约萌生幸福的憧憬、无限的渴望，想要跑一跑，信步走一走，去闯一闯，去畅饮春光。

去年严冬特别寒冷，一到五月份，我就想放怀舒展，只觉得一种醉意袭上心头，一股活力升腾冲动。

且说一天早晨醒来，我从窗口望去，只见邻舍的屋顶上，一大片蓝天，阳光灿烂。挂在窗前的金丝鸟嘤嘤鸣叫，每层楼都传来女仆的歌声，街道上也升起欢声笑语。于是我出了门，心情像过节一样，却不知去哪里。

一路上见到的人都笑容满面。春天归来，在暖烘烘的阳光下，到处都是一片喜气洋洋，就好像爱情的和风吹遍了全城。盛装打扮的青年女子，眼神里隐含着脉脉温情，步履中显出缠绵春意，这情景扰乱了我的方寸。

不知怎样走来，也不知为什么，我到了塞纳河畔。汽轮鱼贯驶向叙雷纳，我猛然产生一种无法抑制的愿望，要跑步穿越树林。

渡轮的甲板上挤满了人，都是不由自主被最初的艳阳吸引出家门的。所有人都在活动，走来走去，同旁边的人交谈。

我的邻座是个女子，大概是个小小的女工，具有地道巴黎女郎的秀雅，面容娇小俊气，金色鬈发垂到双颊，犹如弯曲的阳光垂射到耳畔，一直流泻到颈项，随风舞动。再往上就变成极细极轻的淡黄色绒毛，几乎看不见了，但是令人产生一种难以克制的愿望，要在上面狂吻一通。

在我的凝视下，她朝我扭过头来，随即又垂下眼帘，嘴角微微下陷，仿佛要形成笑靥，从而显露被阳光略微映黄的丝绒般的淡白色汗毛。

平静的河面逐渐开阔，笼罩着安宁温暖的气氛，空间似乎充满了生命的絮语。我的邻座又抬起双眼，这次见我还一直凝视她，她便微微一笑。笑容十分动人，那流盼向我表露千种风情，我尚未领受过的千种风情。我从中看到了那陌生的深邃意蕴，即柔情蜜意的全部魅力、我们梦寐以求的全部诗意、我们毕生寻觅的全部幸福。于是，我产生一种疯狂的欲念，要张开双臂，将她抱到别的地方，在她耳边喃喃细语，用情话奏出美妙的音乐。

我正要开口搭话，忽然有人捅了捅我的肩膀。我吃了一惊，回头瞧瞧，只见一个相貌普通、不老不小的人，正阴沉着脸看着我。

“我想同您谈谈。”那人说道。

我做了个鬼脸，可能让他瞧见了，因为他补充了一句：“事情很重要。”

我起身随他到渡船的另一端。他又说道：“先生，要入冬的时候，天气骤冷，又下雨又下雪，您的医生会每天嘱咐：‘双脚要保温，防止着凉感冒，防止患支气管炎、肋膜炎。’因此，您万分小心，穿上法兰绒衣裳、厚厚的大衣，还穿上棉皮鞋，即便如此，您也难免要有两个月卧床不起。可是一开春，叶子绿了，花也开了，微风送暖，令人酥软，还有田野的气息，这些会使您心绪烦乱，无端地动情。然而在这种时候，就没有人来对您说：‘先生，要当心爱情！它到处设下陷阱，它在每个角落窥视您，它施展了全部诡计，磨快了所有武器，准备好了全部骗局！要当心爱情啊！……要当心爱情啊！比起感冒、支气管炎，或者肋膜炎来，爱情更危险！它饶不过任何人，让所有人干下难以补赎的蠢事。’是的，先生，我要说，每年政府都应当在墙上张贴大幅告示，写上这样的话：‘春回人间。法国公民，小心爱情！’就像有人在房门上写道：‘小心油漆！’可是，既然政府不肯做，那我就代办，我要对您说：‘小心爱情，它正要钳住您，我有责任事先提醒您，如同在俄国提醒一个冻了鼻子的行人。’”

我听了这个怪人的话，不禁愕然，随即正色对他说：“看来，先生，您插手了与您没什么关系的事情。”

他猛一摆手，答道：“唉！先生！先生！假如我看见一个人在河里危险区要淹死，难道要袖手旁观吗？喏，听听我的经历，您就会明白为什么我对您这样讲。

“那是去年发生的事情，在同样的季节。我得先告诉您，先生，我是海军部的职员，我们那儿的头头儿，那些专员，特别看重他们文官服袖口上的杠杠，把我们当成甲板上的水手来使唤。——唉！如果说所有头头儿都是文职官员——算了，不说也罢。——单说我坐在办公室里，只能看见有燕子飞翔的一小角蓝天，有时我真想在黑皮卷宗之间跳舞。

“我想出去活动活动的愿望越来越强烈，不得不硬着头皮去见我那小头头儿。那人个头儿很矮，脾气暴躁，动不动就发火。我说我病了。他瞪眼瞧着我，冲我吼道：‘我根本不相信，先生。要走就走吧！您以为一个办公室靠这号职员能行吗？’

“于是我溜出来，走到塞纳河边。天气跟今天一样好，我登上渡轮，要到圣克卢去转一圈。唉！先生！我的上司真不该准我假！

“来到阳光下，我觉得心情舒畅。看那船、那河流、那树木、那房舍，以及我身边的人，什么我都喜欢。我渴望拥抱什么，不管什么东西——这正是爱情在设置陷阱。

“到了特罗加德罗，忽然一位姑娘拎个小包上船，坐到了我对面。

“她很美，是的，先生。不过，说来奇怪，在早春艳阳天，您会觉得女人更好看。她们显得很特别，楚楚动人，能迷人心性。这跟吃过奶酪再喝酒完全一样。

“我看着她，她也看我——当然，只是不时看一眼，就像您那位刚才那样。我们这样眉来眼去，最后我觉得我们相当熟了，可以说说话了，于是我开了口。她真叫我心醉神迷，我亲爱的先生！

“到圣克卢，她下船，我也跟着下去。——她是去送货的。等她回来的时候，船已经开了。于是我陪她散步。空气暖洋洋的，我们俩都不禁叹息。

“‘树林里肯定非常好。’我对她说道。

“她答道：‘哦！是啊！’

“‘我们到树林里转一转，好吗，小姐？’

“她偷偷迅速地瞥了我一眼，仿佛要准确衡量一下我的价值，犹豫片刻之后开始接受。于是，我们并肩走在树林中。树冠枝叶还不算太茂盛，但下面的青草又高又密，绿得发亮，宛如上了油漆，沐浴在阳光中。到处是相爱的小动物，到处听见鸟儿的鸣唱。我那女伴，为清新空气和乡村气息所陶醉，开始蹦蹦跳跳地跑起来，我也连蹦带跳地跟在后面。有时候，先生，人就是傻呀！

“后来，她又拼命唱歌，什么都唱，歌剧唱段，《缪塞特之歌》！《缪塞特之歌》！当时我看她多有诗意啊！……我几乎要流下眼泪。唉！正是那些废话把我们的头脑搅昏了。请相信我，绝不要找一个在田野上唱歌的女人，唱《缪塞特之歌》的尤其要不得！

“不久她就累了，坐到一片绿茵斜坡上。我呢，便坐在她的脚下，抓住她的双手，看见她的小手布满针扎的小点点，不禁有点儿心疼，想道：‘这就是劳动的神圣标记。’——噢！先生，先生，劳动的神圣标记，您明白意味什么吗？就是意味在车间里说长道短，叽叽喳喳讲些下流话，传播猥亵的事情玷污心灵，丧失贞节；意味着整天胡说八道，整天庸庸碌碌；意味着普通妇女所特有的那种思想狭隘，所有这一切，都在手指留有劳动神圣标记的女人身上，赫然地打上了烙印。

“接着，我们久久地相互凝视。

“噢！女人的这种眼神，具有多大威力啊！多能扰乱、进袭、侵占、控制啊！显得多么深沉，充满希望，永无止境啊！人们称这是相互窥视心灵！噢！先生，简直是笑话！果真看透心灵，那就会检点一些了。

“我的欲火终于撩起来，开始发狂了。我想要搂住她。她却对我说：‘把爪子收回去！’

“于是，我跪到她跟前，敞开我的心扉，往她双膝上倾泻我憋在胸口的无限柔情。我态度的这种变化，她觉得挺奇怪，并斜着眼瞧我，仿佛心里在说：‘嗳！就是要这样耍弄你呢，亲爱的。好哇！咱们就走着瞧吧。’

“在爱情方面，先生，我们男人总是天真汉，而女人都是生意婆。

“不用说，我本来可以占有她，后来我才明白自己太蠢了。不过，我要追求的，不是一个肉体，而是一种深情、一种理想。我在应当充分利用时机的时候，却只知道大动感情。

“我这样表白爱情，她一觉得听够了，便站起来。于是，我们又回到圣克卢，直到巴黎，我才同她分手。在返回的路上，她的神情十分忧郁，经我询问，她才答道：‘我想这种日子，一辈子难得有几回。’我的心怦怦狂跳，简直要撞破胸膛。

“下个星期天我又见到她，于是又有下一个星期天，以及后来的每个星期天。我带她去布吉谷、圣日耳曼、梅宗-拉斐特、普瓦西，到郊外所有谈情说爱的地方。

“她也向我‘倾诉炽热的爱情’。

“我终于完全昏了头，三个月后便娶了她。

“有什么办法呢，先生，只怪自己是个职员，独身生活，也没个家，没处商量！人总想同一个女人在一起，生活会很甜美！于是，就娶了那个女人！

“于是，她就从早到晚骂您，什么也不懂，什么也不知道，整天喋喋不休，拼命唱《缪塞特之歌》。（噢！《缪塞特之歌》，简直是拉锯！）她跟送煤的人吵架，将家丑全抖搂给看门人，将两口子的隐私全告诉给邻家的女仆，去供货商店也诋毁自己的丈夫，那颗脑袋里装满了蠢得不能再蠢的故事、傻得不能再傻的信念、怪得不能再怪的看法、邪得不能再邪的偏见，因此，先生，我每次同她交谈，真是泄气得想流泪。”

他住口了，微微有点儿喘息，情绪非常激动。我看着这个天真的可怜虫，怜悯之情油然而生，我正要劝他几句，渡船却靠岸了。圣克卢到了。

那位搅乱我方寸的娇小的女人起身要下船，她从我面前经过时，含笑朝我瞥了一眼，随即跳上浮桥——那种微笑能叫人发狂。

我正要抽身追上去，却被我旁边这个人扯住衣袖。我猛然一下要挣脱，他又抓住我礼服的衣襟，朝后拉我，一再说道：“您不能去！您不能去！”嗓门很高，大家都回头瞧。

周围一阵哄笑，我愣在原地，心头气恼，但又没有胆量面对耻笑和起哄。

这时，渡船又开了。

那位娇小的女子站在浮桥上，面带失望的神情目送我离去，而坏我好事的家伙则搓着双手，又凑到我耳边说道：“嘿，这回，我可帮了您一个大忙。”

晚　会

萨瓦尔先生是韦尔农镇的公证人，酷爱音乐，年纪轻轻就谢了顶，脸总是刮得干干净净。他身体微胖，倒也适中，不戴旧式眼镜，而戴一副夹鼻眼镜。他很文雅，性格活泼开朗，在韦尔农被人视为艺术家。他能弹弹钢琴，拉拉小提琴，举办音乐晚会，演出新歌剧。

他甚至有一副人人称赞的细嗓门，细成一条线，一条细细的线。但是他掌握得极为曼妙，每次悠悠唱完最后一个音符，全场立即喝彩："好！太妙了！真棒！真精彩！"

他是巴黎一家音乐出版社的老订户，总能收到最新出版物，他也不时给本城上流社会人士寄去邀请函，常以这样的措辞：

星期一晚，在韦尔农公证人萨瓦尔先生家，举行《萨伊斯》首演，敬请光临。

有几位嗓音洪亮的军官合唱，还有两三位本地女士唱几首歌曲。公证人则充当乐队指挥，手势极其沉稳，就连一九〇步兵团乐队队长有一天在欧罗巴咖啡馆，谈起他来也说：“唔！萨瓦尔先生，那是位大师，他没有从事艺术这行，实在太可惜了。”

无论在哪座沙龙，只要有人提到他的名字，总会有人赞叹道：“他可不是业余爱好者，而是一位艺术家，一位真正的艺术家。”

当场也会有两三个人随声附和，那声气深信不疑：“哦！对，一位真正的艺术家。”“真正的”一词还大大加重语气。

每逢巴黎的大舞台上演出一部新歌剧，萨瓦尔先生总要前去观赏。

且说去年，他要按照习惯，去巴黎听歌剧《亨利八世》，就乘坐下午四点三十分抵达巴黎的快车，打算连夜乘零点三十五分的火车返回，就不必在旅馆过夜了。

他在家穿好晚礼服，一身黑装，扎上白领带，再套上一件大衣，翻起衣领。

他一踏上阿姆斯特丹街，就立时感到心情无比畅快，不免自言自语：“毫无疑问，巴黎的空气就是不同于任何地方，有一种难以描摹的向上的、激励人而又令人陶醉的成分，能让人产生一种奇特的欲望，想又蹦又跳，还想干别的事儿。我一踏上巴黎的街道，就突然有异样的感觉，仿佛喝了一瓶香槟。在这座城市里，进入艺术家圈子，能过上多美的生活啊！这些被选定住在这样一座城市的人，这些享有盛名的大人物，该有多幸福啊！他们过着什么样的生活啊！”

他心里盘算着，希望认识几个名人，以便在韦尔农谈论他们，时而来巴黎时，也可以去他们府上参加晚会。

他猛然有了个念头，早就听人说过，环城林荫大道的一些小咖啡馆时常有聚会，参加者有已经成名的画家、文人，甚至还有音乐家。于是，他又缓步上坡，向蒙马特尔走去。

离演出还有两小时，不妨去看一看。他经过常有浪荡不羁的艺术家光顾的酒馆，瞧瞧人头，想推测是不是艺术家。最后，他被一家挂着“死耗子”招牌的酒馆吸引住，便走了进去。

里面有五六位女顾客，臂肘撑在大理石桌面上，正谈论她们的爱情遭遇，说起露西同奥尔唐丝的争吵、奥克塔夫卑鄙无耻的行为。她们都已青春不再，胖的太胖，瘦的又太瘦，全是残花败柳了。一看就能猜出她们几乎秃顶了，她们像男人那样，用大杯子喝啤酒。

萨瓦尔先生坐在远离她们的座位，开始等候，快到喝苦艾酒的时间了。

不大工夫，就来了一个高个子年轻人，坐到邻桌。老板娘叫他“罗曼丹先生”。公证人一听浑身一抖，这不正是在最近画展上获头奖的罗曼丹吗？

那年轻人打了个手势，叫来伙计：“立刻给我上晚餐，然后，你拿三十瓶啤酒和火腿，送到我的新画室，克利希大街15号。是我早晨预订的，我们要庆祝乔迁之喜。”

萨瓦尔先生也马上要了晚餐，接着，他脱下大衣，露出礼服和白领带。

邻座那人仿佛根本没有注意他，自顾看报。萨瓦尔先生侧目而视，强烈渴望同那人搭讪。

这时，又进来两个身穿红色天鹅绒衣的年轻人，蓄着亨利三世式的尖胡子，他们坐到罗曼丹的对面。

走在前头的那人说道：“就是今天晚上吧？”

罗曼丹同他握手，说道：“说得没错，老兄，所有人都会参加，有博纳、吉约迈、杰尔韦、贝罗、埃贝尔、杜埃兹、克莱兰、让·保兰、让·保尔·洛朗。这次盛会一定热闹非凡。还有女士，到时瞧吧！所有女演员都会到场，一无例外，当然，是今天晚上没有演出的。”

酒馆老板凑上前来。

“这种乔迁聚会，您经常搞吗？”

画家回答：“说得没错，每隔三个月，租期一到。”

萨瓦尔先生再也按捺不住，他口气迟疑地说道：“对不起，先生，打扰一下，刚才听人叫您的姓名，我特别想知道，您是不是我在最近画展上，极为赞赏的那些画幅的作者罗曼丹先生。”

画家回答：“正是本人，先生。”

公证人便巧妙地恭维一番，表明自己很有教养。

画家听了心里受用，也就以礼相遇，彼此攀谈起来。

罗曼丹又回到乔迁的话题，详细介绍了这次喜庆的豪华阵容。

萨瓦尔先生一一询问了他要接待的所有客人，然后又说了这么一句："在您这样有价值的艺术家寓所里，一下子能见到这么多名人，对一个外地人来说，那真是三生有幸啊！"

罗曼丹一语倾心，立刻答道："如果您愿意的话，敬请光临。"

萨瓦尔先生满心欢喜，接受了邀请，心想："以后总有机会去看《亨利八世》。"

两个人都用完晚餐，公证人抢着买单，为邻座付了钱，以回报人家的盛情邀请。他还给两个身穿红色天鹅绒衣服的年轻人付了酒钱，这才同画家一起离开酒馆。

他走到一幢房子前停下。这楼房不高，但是很长，二楼看上去好似连续不断的暖房。六间画室排成一列，门脸正对着林荫大道。

罗曼丹走在前头，登上二楼，打开一扇房门，划着一根火柴，点燃一支蜡烛。

他们置身于大得出奇的房间，但是家具仅有三把椅子，另有两幅画架，以及沿墙根放着的几幅草图。萨瓦尔先生惊愕不已，愣在门口不动。

画家朗声说道：“这回地方可够用了，不过，整个儿还要布置。”

继而，他审视这个四壁光光的高大的房间和隐没在昏暗中的天棚，又声明一句：“这间画室能派大用场啊。”

他全神贯注地察看，绕房间走了一圈，接着说道：“我倒是有个情人，本可以帮把手。用什么套子，挂什么帘子，女人是无与伦比的。可是今天，我把她打发到乡下去了，今天晚上好能摆脱她。倒也不是怕她烦我，而是她太不懂规矩，有她在场，我那些客人就会不自在。”

他思索了片刻，又补充道：“她是个好姑娘，但就是不好摆弄。她若是知道我接待客人，非把我的眼珠子抠出来不可。”

萨瓦尔先生毫无表示——他没听明白。

画家走到他跟前。

“既然我邀请您来了，您就帮我干点什么吧。”

公证人满口答应：“随便您怎么使唤，我听从吩咐。”

罗曼丹脱下礼服。

“那好，公民，干起来。咱们先打扫。”

他从放着一幅猫画的画架后面，拿出一把破扫帚。

“拿着，您扫地，我来弄弄照明。”

萨瓦尔先生接过扫帚，瞧了瞧，便开始笨手笨脚地扫地，立刻扬起一大片尘土。

罗曼丹怒气冲冲地制止他："怎么，真见鬼，您连扫地都不会！喏，瞧我的。"

他用扫帚推着灰突突的垃圾滚动，滚成了一堆堆，就好像他一辈子只干这种活儿；然后，他又把扫帚交给公证人，公证人便照他的样子干。

刚扫了五分钟，满画室已经暴土扬扬了。罗曼丹只好问道："您在哪儿呢？我看不见您了。"

萨瓦尔先生咳嗽着，走了过来。画家问他："分支吊架，您知道怎么弄吗？"

公证人如坠五里雾中，问道："什么分支吊架？"

"当然是照明用的吊架，分支上插蜡烛。"

他还是一头雾水，便回答道："不会。"

画家用手指打着响儿，开始蹦跳起来。

"有了，我呀，有了好主意，大人。"

继而，他口气平静下来，接着说道："您身上有五法郎吗？"

萨瓦尔先生回答："有哇。"

画家又接着说道："那好，您去给我买来五法郎的蜡烛，而我去桶匠铺。"

他推着身穿礼服的公证人出门。五分钟过后，两个人都回来了，一个人抱着蜡烛，另一个人拿来桶箍。接着，罗曼丹又钻进壁橱，从里面掏出二十来只空酒瓶，又一只一只拴在桶箍上。

然后，他要下楼去向女门房借梯子，向公证人解释说，他给女门房的猫画像，就是画架上的那幅，因而赢得那个老太婆的好感。

他扛了一副梯凳上楼来，又问萨瓦尔先生："您动作灵活吗？"

公证人不明白什么意思，只是回答："当然灵活。"

"那好，您爬上去，将这吊灯拴到棚顶的铁环上。然后，每只瓶里您再插一支蜡烛，都点着了。跟您说吧，搞照明我还是有天赋的。真见鬼，您倒是脱下礼服呀！您这样就像个奴仆。"

画室的门猛然打开，一位眼睛明亮的女士站在门口。

罗曼丹凝视着她，眼睛流露出惶恐的神色。

那女子双臂交叉在胸前，等了几秒钟，然后才开了口，气急败坏的尖嗓门非常高亢："哼！你这坏东西，就想这样抛开我吗？"

罗曼丹并不答言。她接着说道："哼！你这无赖，你打发我到乡下，还装得那么温柔体贴。你这晚会，瞧瞧我来怎么安排。对，你那些朋友，现在由我来接待……"

她越说越激烈："我就把酒瓶子、蜡烛，全摔到他们脸上……"

罗曼丹语气柔和地说道："玛蒂尔特……"

然而她根本不听，还继续说道："你就等着，小伙子，你就等着！"

罗曼丹凑到跟前，想要拉住她的手："玛蒂尔特……"

现在，她已经豁出去了，要把她那粗话篓子、怨言袋子，统统倒出来。这些话从她嘴里冒出来，如同席卷着垃圾的一条溪流。那么多急切的话，仿佛争抢着，都要夺路而出。结果她咕咕哝哝，结结巴巴，还断断续续，最后突然一清嗓门，骂出来一句，一句粗话，一句脏话。

罗曼丹已经抓住她的双手，她却浑然不觉，似乎根本没有看见他，只顾着发泄，一吐为快。突然，她开始哭起来，泪水夺眶而出，却难阻止汹涌的怨言。这时，她说话的声音已经走调，变得尖厉刺耳，话语被泪水打湿，终于泣不成声。还有两三次，她重又发泄，但是每次都哽咽住了，最后泪如泉涌，什么话也不说了。

于是，画家紧紧搂住她，他感动不已，频频吻她的头发。

“玛蒂尔特，我的小玛蒂尔特，听我说，你得要通情达理。要知道，我组织这次晚会，也是为了感谢这些先生帮我在画展上获奖。我不可能接待女士，这一点你应该明白。跟艺术家打交道，跟一般人不一样。”

她抽抽搭搭地说道：“那你干吗不早跟我说呢？”

他回答道：“就是不想惹你生气，让你难受。听我说，我送你回家。你要听话，乖乖地待在家里，安安静静地在我床上等着我，这里一完事儿我就回去。”

她咕哝道：“行，可是以后，你不能再有这事儿了。”

“不会了，我向你发誓。”

罗曼丹转过身，看见萨瓦尔先生终于把吊灯挂在天棚上，便说道：“亲爱的朋友，五分钟我就回来。这工夫如果有客人来，请代我招呼一下，好不好？”

说罢，他就带着玛蒂尔特走了，那女友还连连擦眼泪，一把一把擤鼻涕。

画室里只剩下萨瓦尔先生一个人，室内全收拾好了，他就点起蜡烛，等待主人回来。

他等了一刻钟，半小时，一小时，还不见罗曼丹回来。猛然间，楼梯上传来一阵震耳的喧闹声。二十张口齐声吼唱一支歌曲，步伐整齐，如同普鲁士军队在行进。整齐的步伐动摇了整座楼房。房门打开了，门口出现一大群人。男男女女，双双挽着手臂，排成一长串，用鞋跟踢着地板，鱼贯进入画室，就像爬进来一条蛇。他们吼唱着：

我的房请进，

保姆和士兵！……

萨瓦尔先生一下子惊呆了，他身穿晚礼服，愣在吊灯下面。这群人一见到他就嚷道：“还有个仆役，一个仆役！”他们立刻围上来，将他困在大吼大叫的圈子里。接着，他们又手拉手，疯狂地跳起了圆圈舞。

萨瓦尔先生还要极力解释：“诸位，诸位……先生们……夫人们……”

可是没人听他的。他们围着他转圈儿，边跳边喊叫。

他们终于停下不跳了。

萨瓦尔先生又要解释：“先生们……”

一个满头金发、蓄留胡子的高个子青年，直逼到他鼻子尖，打断他的话：“我的朋友，您怎么称呼？”

公证人一时惊慌失措，赶紧回答：“我是萨瓦尔先生。”

有人嚷道：“你是说巴甫梯斯特吧。”

一位女士则说道：“别逗弄这个伙计了，别最后把人家逗急了。他是雇用来侍候我们的，而不是来让人嘲笑的。”

萨瓦尔先生这才发现，每位来客都自带食品，有带酒的，有带馅儿饼的，还有带面包或者火腿的。

金发高个子青年拿着一根巨大的香肠，往公证人的手臂里一塞，吩咐道：“拿着，你去把餐桌支在那边角落里，再把酒瓶摆在左侧，食物摆在右侧。”

萨瓦尔一时昏了头，不禁嚷道：“先生们，我可是公证人啊！”

一时间，大家都沉寂了，继而又一阵狂笑。一位先生半信半疑，又问道：“您怎么到这儿来了？”

于是，萨瓦尔解释，他本打算去歌剧院，从韦尔农来到巴黎，以及这一晚上发生的事情。

大家围着他坐下，听他解释，不时还有人问他两句，大家都叫他“天方夜谭”。

罗曼丹还没有回来，却又来了一些客人。于是，有人就向他们介绍了萨瓦尔先生，好让他把自己的故事再讲一遍。萨瓦尔不肯讲了，但是客人非让他讲不可，还把他按在一张椅子上，另外两张椅子分列左右，坐着两位女士，不断地给他倒酒。他又是喝酒，又是哈哈大笑，一会儿说话，一会儿唱歌。他还要抱着椅子跳舞，结果跌倒了。

从这一刻起，他什么都忘记了，只觉得有人给他脱衣，扶他躺下，还觉得想呕吐。

他醒来时已是大白天了，发现身在壁橱里，躺在一张陌生的床上。

一个老太婆，手里操着一把扫帚，怒目注视他，终于说道：“下流东西，滚起来！下流东西！醉得不成人样儿了！”

他坐起来，感到浑身不自在，便问道：“我这是在哪儿？”

“您在哪儿，下流东西？您喝醉了。您还不赶紧滚蛋？别这么磨磨蹭蹭的！”

他是想要起来，然而他在床上一丝不挂，衣服早已不知去向。他只好说：“太太，我这……”

他猛然想起来……怎么办！他问道：“罗曼丹先生没有回

来吗？”

女门房呵斥道：“您还是快点滚开吧，千万别让他在这儿看到您！”

萨瓦尔先生不免羞愧，明确说道：“我的衣服没了，被人拿跑了。”

他不得不等待，解释他的遭遇，通知朋友，借钱买了衣服。一直折腾到晚上，他才终于离开了。

在韦尔农他那漂亮的沙龙里，一有人谈起音乐时，萨瓦尔先生就武断地宣称，绘画是一种非常低俗的艺术。

知识考点

1．在《项链》一文中，有同学对文章的结尾不满意，尝试着做了几种不同的续写。你认为下面列出的哪一种或哪几种续写较好？若认为这几种都不好，请说明理由。

①玛蒂尔德悔恨不已，慨叹年华已逝，从此一蹶不振。

②玛蒂尔德喜出望外，讨还了三万五千五百法郎，开始了新的追求，新的生活。

③玛蒂尔德百感交集，喜怒无常，她的精神崩溃了。

④玛蒂尔德与弗雷斯杰夫人争吵不休，最后不得不诉诸法律，打了一场旷日持久的官司而未得结果。

2．关于《项链》的情节高潮，下面列出了几种不同的理解，试联系文章的主题，选择符合作者安排情节意图的理解。

①玛蒂尔德在舞会上出足风头是全文情节的高潮。

②玛蒂尔德在舞会上出足风头是全文主要情节的高潮;而小说结尾由弗雷斯杰夫人道出那串丢失的项链是假的，是另一个高潮，是一个情绪高潮。

③玛蒂尔德借项链、丢项链、赔项链是情节的开端和发展，至结尾处是情节的高潮，全文在高潮处结束，没有交代结局。

3．关于《项链》，作者莫泊桑对主人公玛蒂尔德是批判，是同情，还是兼而有之呢？

4．在《我的叔叔于勒》中，作者写到主人公“我”在看到于勒时，在心里默念道：“这是我叔叔，我父亲的亲兄弟，我的叔叔啊！”作者写出这样的句子表现了“我”当时怎样的情感？

5．《我的叔叔于勒》一文中反映出菲利浦夫妇怎样的性格特点？

6．有人认为《我的叔叔于勒》旨在揭露资本主义社会人与人之间赤裸裸的金钱关系，也有人认为其主题在于反映资本主义社会下层人民生活的辛酸。请说出你的观点并阐述理由。

7．莫泊桑关于普法战争的著名短篇有（　　）。

A.《珠宝》　　B.《一家人》　　C.《骑马》　　D.《羊脂球》

8．莫泊桑是19世纪末法国伟大的批判现实主义作家和短篇小说家、自然主义文学流派的杰出代表，与（　　）、契诃夫并称为“世界三大短篇小说之王”。

A．欧·亨利　B．福楼拜　　C．狄更斯　　D．雨果

9．莫泊桑出身于一个没落贵族之家，母亲醉心文艺。在其影响下，莫泊桑少年时代便憧憬做一名（　　）。

A．职员　　B．作家　　C．工人　　D．诗人

10．屠格涅夫认为莫泊桑是19世纪末法国文坛上“最卓越的天才”。请判断这个说法是否正确，并在括号内打“√”或打“×”来作答。（　　）

参考答案

1. 这几种续写都不好，都有狗尾续貂之虞。原来的结尾，给读者提供了想象和思考的余地。它不但是一个深刻的悬念，更是一个绝妙的讽刺。
2. ②的理解更符合作者的意图。高潮这一概念不局限于故事情节，而且和人物、作者与读者在情绪、感情、兴趣、思想上的矛盾性有关。人物情绪的高潮，不见得要和事件的高潮同步，前者和后者的关系往往有所谓焦点的错位。
3. 作者在作品前半部讽刺批判了玛蒂尔德性格中爱慕虚荣、贪图享乐的一面，对主人公讲信誉、真实不欺、恪守小资产阶级的道德观念还项链这一面，作者是倾注了同情的。
4. 这一句子运用反复的手法，强调了“我”与于勒的血缘关系，表现了“我”对于勒的深切同情，以及对父母行为的不满，突出当时“我”心情的矛盾。
5. 菲利浦夫妇的自私、虚荣、势利、无情。
6. 示例：我赞成第一种观点。这篇文章以菲利浦夫妇的态度变化为主线，在于勒的身份没有得到证实之前，他们对于勒极力赞美，期望能早日见到于勒，表现出亲人间的那份暖人的真情；但于勒的身份证实后，他们便六亲不认，破口大骂，将亲情抛之于脑后。在这里，可以看出让他们发生变化的是“钱”，表现了在资本主义社会里人与人之间除了金钱外没有其他情感可言。

7. D.《羊脂球》

8. A. 欧·亨利

9. D. 诗人

10. √